新・入り婿侍商い帖

お波津の婿(三)

千野隆司

角川文庫
23557

目次

主な登場人物

善太郎　角次郎の息子。角次郎より家督を譲られ、五月女家の当主になるが、隠居して縁戚の昌三郎に家督を譲る。羽前屋に入り婿する。
お稲　羽前屋の跡取り娘。火事で両親を亡くし、お万季が母親代わりとなった。善太郎と結ばれ、お珠をもうける。
角次郎　米問屋・大黒屋の主人。旗本五月女家の次男だったが、入り婿した。兄・角太郎が殺された事件をうけ、一度実家に戻り勘定組頭となったが、事件を解決し再び大黒屋へ。
お万季　角次郎の妻。書の天稟がある。
お波津　角次郎の娘。善太郎の妹で、大黒屋の跡取り。
蔦次郎　米問屋・戸川屋の次男。お波津の婿候補の一人。
正吉　札差・井筒屋の手代。お波津の婿候補の一人で、大黒屋に修業に来ている。
寅之助　旗本人村秀之助の家臣。商いに関心があり、羽前屋で手代として預かっている。
嶋津惣右介　南町奉行所の定町廻り同心。角次郎とは共に赤石道場へ通った剣友同士。

第一話　婿入り話

一

「糯米が、蒸し上がりましたよ」

もうもうと湯気が上がる蒸籠を手にしたお波津が、大黒屋の土間に入ってきた。手拭いを姉さん被りにしている。

糯米のにおいが、湯気と共に店先に広がった。

「おおっ」

店の外には通りがかりや近所の者が集まっていて、その中の誰かが声を上げた。

土間には、すでに湯で温められた臼や杵が用意されている。年の瀬も押し迫って、今日を入れてあと四日で正月を迎える。大黒屋では、毎年若い奉公人たちが餅を搗いた。

「昔は、あなたも搗いたものだけど」

お万季が善太郎に言った。そのときはお万季が差配をしたが、今はお波津の役目になっている。糯米はお波津が昨夕のうちに研いで、水に浸していた。

土間には臼や杵だけでなく、のし餅にする台や餅がこびり付かないようにする餅とり粉の支度もできている。

本所元町の米問屋大黒屋の跡取りになるはずだった善太郎は、今は深川今川町の米問屋羽前屋へ婿に入った。大黒屋と羽前屋は互いに融通し合っているが、異なる屋号で商いをしていた。善太郎は、大黒屋の者ではなくなった。

顧客を訪ねる外廻りのついでに、実家に立ち寄ったのである。

大黒屋と羽前屋を合わせると、年の扱い高は軽く一万俵を超える。旗本の次男坊に生まれた主人の角次郎が、間口二間半の舂米屋に婿入りしてから、お万季と共に半生をかけて今の店にした。

本所深川界隈の米商いの者で、大黒屋と羽前屋の親子を知らない者はいない。

今日はその大黒屋で正月用の餅を搗く。のし餅は自家用だが、一部は小さく丸めて町の者にも食べさせた。店の前に集まっている者は、それを目当てにやって来た者だ。

お波津が、運んできた糯米を臼に移す。白い湯気がさらに上がって、お波津の上半身を覆うほどになった。

臼の脇では、すでに杵の柄を手にした手代の平太（へいた）と合いの手役の亀次（かめじ）が身構えている。お波津が臼から離れると、平太が杵を手に取った。

「よっ」

気合いを入れるが、臼に入れた糯米を初めは搗かない。体重をかけて杵でぐいぐいと潰（つぶ）してゆく。手慣れた動きだ。臼のまわりを回りながら、糯米を均等に潰した。糯米全体が潰れたところで、杵が振り上げられた。

ぺたんぺたんと、餅が搗かれて行く。杵を振るう動きと餅を返す動きが、交互に繰り返される。

「おおっ」

見ていた者たちが声を上げた。ひと臼搗き上げるのは間もない。搗きあがった餅は、のし餅にする台に移される。そこでお万季が指図して、他の手代や小僧たちにのし餅の形にさせた。

休む間もなく、お波津が湯気の上がる新たな蒸籠の糯米を運んでくる。

「じゃあ、私が」

ふた臼目の杵を握ったのは、客分の蔦次郎（つたじろう）だった。合いの手には、手代の正吉（しょうきち）が当たった。餅を搗く音が、またあたりに響いた。どちらも笑顔で、気合いが入っている。息はぴったり合っていた。

見ている善太郎はうずうずするが、今は杵を握らない。蔦次郎と正吉の動きに目をやった。

お波津は、年が明ければ十九歳になる。善太郎が店を出た以上、妹のお波津が婿を取って跡を継ぐ段取りになっていた。

そろそろ婿を決めなくてはならない歳になっている。

餅搗（もちつ）きに精を出す蔦次郎と正吉は、公にこそしていないがお波津の婿にどうかとされている者たちである。

蔦次郎は、正吉よりも一つ年上の二十一歳で、京橋南紺屋町（きょうばしみなみこんやちょう）の米問屋戸川屋（とがわや）の次男坊だ。戸川屋は関東米穀三組問屋（かんとうべいこくみくみどいや）の株を持つ大店（おおだな）で、一軒だけで年の商い高が一万俵を超える。

正吉は、浅草天王町（あさくさてんのうちょう）の札差井筒屋（ふださしいづつや）の手代で、主人総左衛門（そうざえもん）の遠縁にあたる者だ。

同じ米を扱う商いとはいえ、業種は異なる。それでも総左衛門は、正吉を商人（あきんど）としては使える者として、お波津の婿にどうかと話を持ってきた。今は米商いの見習いとして、大黒屋へ奉公していた。

二人の状況や性格は違うが、善太郎の目から見て、大黒屋の婿としてそぐわない者とは感じていなかった。

そしてもう一人、お波津の婿にどうかと考えている者がいた。それが羽前屋で手代をしている、十八歳の寅之助という者である。二千石の旗本大村秀之助の用人中里甚左衛門の三男だったが、勘定に優れ商人を目指した。善太郎はその技量を認め、羽前屋で手代として受け入れた。

蔦次郎や正吉は商家育ちだから、諸事につけて手慣れている。武家育ちの寅之助はその部分では二人に後れを取っているが、これからの伸びしろは大きいと見ていた。

天領の年貢米輸送の折に、荷船が襲われるという事件があった。大村が探索に当たったが、三人はこの事件に関与して力を尽くした。また近くでは、盗賊が商家へ押入って、捕り方に囲まれ籠城をする事件があった。お波津がそこで囚われの身になったが、それぞれができることをして、救い出すための手立てを講じた。三人は互いが婿の候補になっていることに気づいているが、助け合って事をなしてきた経緯もあって不仲ではなかった。

搗きあがった餅は、熱いうちにのし餅にしてゆく。餅は三つ目の臼になった。次は町の者たちに振舞われる。

「さあ、いよいよだぞ」

裏店暮らしの者には、餅などなかなか口に入らない。楽しみにしている者は少なくなかった。遠くからやって来る者もいる。老人から子どもまで、このときを生唾を呑み込んで待っていた。

「押すな」

声を上げた者がいた。皆、気が急いているのだろう。

「おお、やっているな」

そこへ南町奉行所定町廻り同心の嶋津惣右介が顔を出した。嶋津は角次郎と共に、下谷車坂にある直心影流赤石道場で剣の修行を行った。同じ歳の幼馴染で剣友の仲だった。以来ずっと親しい付き合いが続いている。

善太郎やお波津にとっては叔父のような存在で、子どもの頃から可愛がってもらった。嶋津は搗き上がった餅の一つまみを口に含んだ。

「うまいぞ」

遠慮はしない。帳場にいる角次郎の傍に座り込んだ。

「どうだ、三人の働きぶりは」

蔦次郎と正吉に目をやりながら言った。三人には、ここにはいない寅之助も含まれていた。

嶋津は、三人のうちの誰かが大黒屋の婿になるだろうと知らされている。その上での問いかけだ。

「まずまずだ」

角次郎が応じた。角次郎も三人の中の誰かなら、かまわないと考えていた。

「お波津の気持ちはどうか」

「さあ」

お波津には所帯を持ちたいと願った者がいたが、それは叶わなかった。以後は、角次郎とお万季が決めた者ならば、それでかまわないとの姿勢で過ごしてきていた。

三人のうちの誰かに特段の思いはないが、嫌ではないという態度だ。

角次郎もお万季も無理押しはしない。兄である善太郎も同様で、お波津の気持ちが固まるのを待っていたが、そろそろ腹を決めなくてはならないときになっているのは明らかだった。

餅搗きが済むと、店の前にいた人たちはすぐにいなくなった。臼や杵も片付けられた。商いが再開する。

お波津は、正月用の枌盆を買うために歳の市へ行くことになっていた。師走も十五日を過ぎてから、正月に必要な品々を売るための市が各地で開かれるようになった。

標飾りは、すでに店の入り口につけられている。門松など、年ごとに新しくするものは別だが、おおむねは毎年使いまわしする。大黒屋では、贅沢はしない。ただ何度も使って傷んでくれば新しいものを買った。

「出かけるならば、私も途中までご一緒しましょう」

用事が済んだ蔦次郎が言った。蔦次郎は、お波津への恋情を隠さない。正吉や寅之助は、一切そういう態度を示さなかった。立場の違いがある。思いも違うのかもしれないが、それは善太郎には分からないことだ。

「そうですね」

お波津は断らなかった。二人が店から出て行った。

お波津と蔦次郎が一緒に店から出て行く様子を、正吉は帳場で算盤を手にしながら見ていた。直後、珠（たま）を入れ違えてやり直した。

本音を言えば、出て行った蔦次郎に嫉妬（しっと）の気持ちがないわけではなかった。押込み籠城の事件以来、口にすることはないが、お波津への心の持ちようが変わった。大黒屋の婿として、大きな商いをしたいと思っていたが、今はそれだけではなくなった。お波津を、人として娘として見るようになった。すると婿になることについての正吉の気持ちが、微妙に変わってきた。自分の商いの展望よりもお波津にふさわしいのは誰か、と少し離れたところから見るようになった。

「似合いなのは蔦次郎ではないか」

とたまに思う。次男とはいえ大店の若旦那（わかだんな）で、好意を寄せている。お波津を幸せにするだろう。

ただその気持ちを口にはしない。

お波津とは、仕事以外ではこちらから話しかけることはない。何を話せばいいか、思いつかないこともある。仕事以外のことで、お波津の方から話しかけてくることがあるが、そのときは素直に応じた。

お波津の婿をどうするか、決めるのは角次郎やお万季だと思っていた。自分はできることをやり、縁がなかったら札差に戻ればいい。

じたばたするつもりはなかった。

正吉の実家は湯島二丁目の舂米屋丸茂屋で、弟がいる。本来ならば正吉が後を継ぐのが筋だが、店は弟に任せるつもりだった。

「自分は店を守るのではなく、大きな商いをしたい」

と思っていた。

大黒屋の婿になれば、それなりの商いができる。井筒屋には跡取りがいるから、婿を取ることはない。

角次郎は番頭や手代の話に耳を傾け、商いの一端を任せた。任された者は、己の責として役目を果たすために力を注いだ。大黒屋が一代にして大店になったのは、その角次郎の方針によると正吉は考えていた。

大黒屋で過ごしたことは、商人として生きるには意味があった。ここで過ごした数か月を思い返していると、番頭の直吉から、日本橋界隈の顧客のところへ掛け取りに行くように命じられた。

「はい」

歳末には、番頭手代は掛け払いの客の店を廻るのが常だ。半年や三月の掛け払いの代を受け取るのである。年内に受け取れないとなると、支払いは同じ期間だけ先に延ばされる。これは支払いを受ける側には、大きな負担となった。三月、場合によっては半年先までの資金繰りが狂うからだ。掛け取りは、商家にとって極めて大事な仕事だった。

二

善太郎が大黒屋から戻ってきたところで、羽前屋でも餅搗き(もちつき)をした。ここでは寅之助が杵を握った。

羽前屋は、年に五千五百俵以上を商う米問屋だ。先代主人の恒右衛門(つねえもん)は角次郎とは昵懇(じっこん)で、商いでは手を携えてきた。

二つの店で資金を出し合い、浅草瓦町(あさくさかわらまち)で札差羽黒屋(はぐろや)を商っていた。

一口に米問屋といっても、仕入れ先によって種別があった。大名家の年貢米である藩米を扱う店、天領の年貢米や直参の禄米(ろくまい)を扱う店、そして大名旗本家への年貢米を払った残りの米である商人米を扱う店の三種類である。

大黒屋と羽前屋は、関宿(せきやど)藩の御用達で藩米を扱った。しかし角次郎らの尽力で、商人米も扱うようになった。歳月をかけ、村を廻って、仕入れ量を増やした。さらに札差が扱う幕府米も手掛けるようになって、商いが安定した。

米は天候によって出来高が左右される商品だ。大黒屋と羽前屋は、安定した仕入れができる問屋として、取引先である小売りの店を増やしてきた。

恒右衛門は、火事で跡取りの夫婦を亡くした。そして孫娘のお稲だけが残った。お稲はお万季の乳を吸って、善太郎やお波津とは兄妹のように過ごした。そして善太郎とお稲は恋に落ちた。

羽前屋をなくしてしまうわけにはいかない。善太郎はそのとき角次郎の実家である家禄三百五十石の旗本五月女家の当主だったが、武家の身分を捨ててお稲と祝言を挙げ婿となった。

餅搗きが済めば、常の商いとなる。

「いらっしゃいませ」

客が現れれば、手代や小僧の威勢のいい声が店の中に響く。

「追加の糯米を卸していただきます」

菓子舗の番頭だ。正月用の餅を売っている。糯米商いは、年内が勝負だった。

餅搗きの後、寅之助は日本橋界隈二軒の掛け取りを命じられた。年内に何としても受け取らないと、入金は半年先になってしまう。それではたまらない。

一軒目の春米屋は、支払いがよくない客だった。

昨日来て、主人は留守だと告げられた。それで帰ると番頭の久之助から言われた。

「あそこは居留守を使うから、言われたとおりに帰って来てはいけない」

今度は、心して当たるつもりだった。

店の敷居を跨ぐと、やはり主人ではなく女房が相手をした。

「済みませんねえ。今日も出かけていまして」

愛想だけは、極めて良かった。明日は待っていると付け足したが、鵜呑みにはできない。

「ならば待たしてもらいましょう」

寅之助は、店の上がり框に腰を下ろした。

しかし一刻たってもさらに半刻たっても、主人は帰ってこなかった。ひょっとして、店の奥に潜んでいるのではないかと考えた。

あきらめて帰るのを待っているのならば、いる限りは出てこないだろう。

「仕方ないですね。それではまた明日に、お邪魔させてもらいましょう」

聞いた女房は、一瞬ほっとした顔をした。寅之助は、それを見逃さない。

外へ出て、主人が姿を現すのを待った。通りを、寒風が吹き抜けてゆく。行き過ぎる人は、皆足早だ。

四半刻ほどして、もう一軒の掛け取りが現れ来た。寅之助は目を凝らす。

掛け取りは女房と何やら話をしてから、掛の代金を受け取った。寅之助はすかさず店に入った。

「おかしいですねえ。払いのことは、旦那さんがいないと分からないという話でしたが」

下手には出ていても、目では責めていた。

「いやそれは」

「ならばうちも、お支払いいただきましょう」

「はあ」

女房は、困った表情になった。羽前屋には払わないつもりなのか。それは自分を甘く見ているからか。そんなことを考えた。

「ならば、夜になるまで待たせていただきます」

と覚悟を口にしたところで、主人が通りから店に入ってきた。

「いやいや、お待たせしてすみません」

口では言った。居留守を使って追い返そうとしたが、それはできそうもない。そこで裏から外へ出て、今帰ったふりをしたのではないかと寅之助は踏んだ。

「狸め」

とは思ったが、愛想よく代金を受け取った。

二軒目へ向かうために、寅之助は江戸橋付近の河岸道へ出た。前を歩く、商家の手代がいた。

「これは正吉さん」

思いがけなく会った。

「掛け取りですか」

「そうです」

どこの商家でも、年内は掛け取りで忙しい。通りを見ても、そういう気配の商家の手代は少なくなかった。

方向が同じだったので、並んで歩いた。

「今日餅搗きをしたときに、蔦次郎さんも見えました」

正吉が、そのときの模様を話した。掛け声を上げて杵を振り、笑顔で場を盛り上げたようだ。

「あの人は大店育ちだからか、さすがに如才ない」

寅之助は、思っていることを口にした。思い通りに振舞える蔦次郎を、少しだけ羨む気持ちがあった。お波津も、楽しんで眺めたことだろう。

人質籠城事件のとき、寅之助もお波津が果たした役割を目の当たりにしている。だから主家の娘というだけの目では見ていなかった。恋情とはいえないが、その人柄には惹かれていた。ただ自分と結び付けては考えない。

「お波津さんと蔦次郎さんは、似合いですね」

「そうですね」

答えた正吉が、ごくわずか寂しげに見えた。

前を何かの稽古帰りらしい若い娘二人が、楽しそうに話をしながら歩いている。笑い声が聞こえた。

江戸橋を南に渡ったところで、娘二人は別れた。一人は楓川方面へ、もう一人は日本橋方向に進んだ。寅之助ら二人も日本橋方向へ歩いた。

前を歩く娘にだいぶ近づいた。

そのとき古樽を積んだ荷車が、向こうから近づいてきた。前で引く者と後ろから押す者と二人がついていたが、古樽は今にも崩れそうに揺れていた。

　そして娘の横に来たところで、樽を結んでいた縄が解けた。

樽が娘に向かって落ちてきた。

「危ない」

　まず正吉が飛び出した。娘の体を自分の体が覆い被さるようにして倒し、地べたに身を伏せた。古樽がその背の上を転がった。あたりに古樽が落ちる音やぶつかり合う音が響いた。

「ぎゃっ」

近くにいた者が、悲鳴を上げた。

　さらに大きな樽が落ちてきたので、今度は寅之助が前に出た。寅之助の肘にも樽が当たっていたが、気にしてはいられない。体で大きな樽を止めた。このままでは、うつ伏した無防備な正吉の背中を直撃する。

　同じように娘を助けようとした者がいたのに気がついた。しかし正吉の方が早かったので、何もしないで引き下がった。

「気をつけろ」

　寅之助は、荷車を引いていた二人の人足を怒鳴りつけた。どちらも何もしないで突っ立っているように見えた。

それで二人は、この場から駆けて逃げた。荷車も散らかった樽もそのままだ。責められると思ったからか。

樽の動きが止まって、正吉は娘を抱き起した。

「怪我はないかね」

正吉が訊いた。

「はい。危ないところを、ありがとうございました」

「ならば何より」

それで寅之助と正吉は行ってしまおうとしたが、娘が問いかけてきた。

「お店とお名をお聞かせくださいませ」

「いや、名乗るほどのことではないので」

正吉はかなり痛い思いをしたはずだが、そう答えた。娘は、正吉の着物についた泥を手で払った。

「それでは、おとっつぁんに叱られます」

きっぱりと言った。

「ならば、本所大黒屋の正吉です」

と答えた。

「こちらの方は」

寅之助にも顔を向けた。

「深川羽前屋の寅之助です」

恩着せがましいことはしたくなかったから、簡単に答えた。おそらく正吉も同じ気持ちだったはずである。それで娘から離れた。

正吉とは、日本橋の袂で別れた。

三

餅搗きをした翌日、角次郎は大黒屋の帳場で番頭の直吉と話をしていた。お波津は、百文買いの客の相手をしている。

「まったくうちの亭主ときたら、ひどいもんだよ。ちょっと稼ぎがいいといい気になって、若い者に振舞っちまう」

「困りますねえ」

「本当だよ」

お波津は馴染みの初老の女房の愚痴を聞いてやっている。いつものことだ。正吉は、掛け取りに出ていた。

そこへ、五十歳前後に見える身なりのいい大店の主人ふうが、大黒屋を訪ねてきた。痩せていて、顔色もよくない。

「こちらに、手代で正吉さんという方はおいででしょうか」

迎えに出た手代に告げた。背後に十七、八歳くらいの娘を連れている。顔がどこか似ていて、父娘だと分かった。

「いますが」

気になったので、角次郎が応じた。

「そうですか、それはよかった」

ほっとした顔で主人ふうは応じた。芝口二丁目の雑穀問屋相州屋の主人惣右衛門だと名乗った。娘はお澄だそうな。

「何かありましたか」

上がり框に座らせ、角次郎は話を聞く。

「実は昨日、江戸橋の近くで、娘がたいそうお世話になりました」

「ほう」

何を言い出すのかと驚いた。会ったばかりの相手である。相州屋という大店の雑穀問屋があるのは、どこかで耳にしたことがあった。

「江戸橋を南に渡って間もないところでございます」

古樽が荷車から崩れ落ちて、危うく大怪我をしそうなところを正吉と寅之助に助けられた話を聞いた。本所の大黒屋と聞いただけで町も業種も分からないので、捜すのに難渋したと言った。

米問屋でなければ、本所深川には何軒か大黒屋があった。

「娘も気がつかず、ちゃんと聞かなかったものですから」

粗忽で困ったものですと付け足したが、娘に向ける目には慈愛が籠っていた。

「そんなことがありましたか」

人助けをしたわけだが、正吉はそのことについては何も言わなかった。お澄は父親とともに、昨日の礼に来たのだった。

「掛け取りに出ていますが、そろそろ戻るはずです」

と告げると、惣右衛門は待つと告げた。直に会って、礼を言いたいらしい。そこで上がってもらって、父娘を客間に通した。

「大黒屋さんは、たいそう繁盛しているご様子でなによりです」

惣右衛門の言葉は、店の様子を見ての感想だろう。

「いえいえ。相州屋さんも、大きく商いをしているようで」

雑穀は、屑米や麦に交ぜて食べる。裏店では、米は贅沢品だ。

そもそも白米を食べる家は、よほど豊かで贅沢な家に限られた。大黒屋でも、商品になる米をむざむざ食べることはしない。玄米に麦を足して嵩増しをした。裏店では、米や麦に雑穀を交ぜて炊いた。

牛馬の餌にもなるが、それだけではない。ご府内でも、需要は多かったのである。

お波津が茶菓を運んできた。

「しっかりした、娘ごですな」

相州屋が言った。百文買いの客の相手をしている様子にも、目をやっていた。

「跡取りで、ございますか」

「まあ」

大黒屋を捜す中で、惣右衛門はお波津の婿取りのことを耳にしたのかもしれない。

「婿の方は、お決まりで」

「いや、まだ」

惣右衛門はそれなりの人物だと思うが、詳しいことを話す間柄ではなかった。初めて会ったばかりだ。

「うちも一人娘でございましてね」

お澄に、ちらと目をやった。婿は決まっていない様子だった。

惣右衛門はやり手のように見えるが、痩せていて顔色がよくないのが気になった。

体調が万全ではないように見受けられた。

「早く、良縁を得たいのですが」

呟くような言い方だった。そこへ正吉が、掛け取りから帰ってきた。

「武蔵屋さんから、半年分を頂戴してまいりました」

挨拶に顔を出した。

「この御仁だな」

「はい」

惣右衛門が確かめるように尋ねると、お澄は頷いて正吉に向き直った。

「昨日は、たいへんお世話になりました」

丁寧に礼を述べた。

「いやいや、通りかかったまでのことで」

父娘で礼をしに来るとは思わなかったらしい。恐縮した表情だ。

けた。

「いえ。樽が背中にぶつかって、さぞかし痛かったかと存じます」

「いやいや、もう忘れました」

気配りされて、照れくさそうだ。正吉は眩しいものを見るように、お澄に目を向けた。

お澄は心ばかりのお礼だとして、桐箱に入った練羊羹を差し出した。正吉は、困惑の目を角次郎に向けた。

「いただいておきなさい」

正吉がしたことへの感謝の気持ちだ。遠慮はいらないだろう。これで相州屋の父娘は腰を上げた。

「今後は、お見知りおきを」

「こちらこそ」

通りには、二丁の辻籠を待たせていた。これから羽前屋の寅之助にも、礼をしに行くとか。店の場所を教えた。正吉は、通りに出て見送った。

「これは、お店の皆さんで」

正吉は貰った練羊羹を、お波津に差し出した。

「分かりました」

受け取ったお波津が言った。そして続けた。

「お澄さんという方、きれいな方でしたね」

少し意地悪な口調だった。

「そうですかねえ」

正吉は困惑顔で言った。

四

寅之助は、店の裏手の倉庫で在庫の米俵の数を検めていた。帳面にある数と現物の数は、一俵であっても合わないことがあってはならない。商いの基本だと番頭の久之助に言われていた。

年の瀬で、新たな大量注文を受けることもある。

そこで来客があると告げられた。客間へ来いという話だった。

「はて」

来客の覚えはない。商いの客ならば店でいいはずだ。客間というのが、腑に落ちなかった。

行ってみると、客間には善太郎とお稲がいて、客は大店の主人ふうと娘がいた。娘の顔を見て思い出した。

昨日崩れた樽の件で助けた娘だった。

二人は名乗ると、礼の言葉を口にした。

「何も言わないから、驚いたよ」

善太郎に言われた。お稲は、笑顔を向けた。

「すみません」

伝えるほどのことではないと、考えた。

「私は転がってきた樽を、止めただけです」

素早く飛び込んだのは、正吉の方だと続けた。自分だけでは、とても助け切れなかった。

「でも止めていただかなければ、正吉さんも私も、大きな怪我をしていました」

お澄は、はっきりした口調だった。あのときの場面を覚えていて口にしたのだろう。ここで桐箱の練羊羹を出された。

「これは、正吉さんに」

自分が受け取るいわれはないと思った。いかにも高そうな品だ。

「いえ。大黒屋さんには、今しがた挨拶をしてきました」

惣右衛門が言った。羽前屋の店は、大黒屋で聞いてきたと知った。あのとき、店の場所までは、あえて教えなかったことを思い出した。正吉ならばともかく、わざわざ自分のところにまで来たのには驚いた。

「正吉さんとは、お知り合いだったのですね」

惣右衛門は、大黒屋と羽前屋との関係を、善太郎から聞いたらしかった。たまたま居合わせた者だと思っていたらしい。

「はい。掛け取りに行く途中でばったり会って、方向が同じだったので話をしながら歩いていました」

お澄は琴の稽古の帰りで、もう一人の娘と歩いていて、別れて間のないところだったと続けた。

「あの人は、一緒にお稽古に行っているお志乃さんです」

二人は日本橋松島町の琴の師匠のところへ行った。今年の稽古納めの日だったのだとか。

琴を習うなんて、よほどの金持ちかと考えた。旧主の大村家の姫が習っていた。小旗本では、なかなか習えない。寅之助には縁のない人という気がした。

惣右衛門は善太郎と少しばかり商いの話をしてから、腰を上げた。病み上がりの老人といった立ち方に見えた。上がり框で履物を履き、歩き始めようとしたところで、体がふらついた。

「ああ」

見送りでついてきた寅之助とお澄が、慌てて体を支えた。

「大丈夫ですか」

顔色がよくない。薄く脂汗をかいていた。

「しばらくお休みください」

善太郎が言った。

「いやいや、そうもしていられません」

年の瀬に、商家の主人が長く店を空けることができないのは察しがついた。ただ寒い中を、駕籠に揺られたのもよくなかったのではないかと察せられた。

お稲が、小火鉢を用意した。

「かえってお世話になりましたね」

惣右衛門は恐縮した。

「相州屋さんまで、お送りするように」

善太郎に言われて、寅之助は応じた。いくら駕籠を使うとはいえ、二人だけでは心もとなかった。何かあったときには、対処がしにくかろう。惣右衛門は固辞したが、ついて行くことにした。

外は曇天で、風が冷たかった。

寅之助は、二丁の駕籠に寄り添って、芝口二丁目まで行った。芝まで足を延ばすことは、これまでほとんどなかった。繁華な通りだ。人や荷車が行き過ぎる。

駕籠が停まった。

「これが相州屋か」

寅之助は目の前の重厚な店舗を見上げて呟いた。間口六間半の大店だ。店の横に土蔵もあった。

すぐに駕籠から降りたお澄が、店の中に声をかけた。奉公人が飛び出してきて、惣右衛門を抱きかかえるようにして店の中に入れた。寅之助も肩を貸した。

「おや」

このとき寅之助は前の道で、どこかで見かけたことのある若旦那ふうの男と目が合った。駕籠から降ろされる惣右衛門の様子を眺めている気配だった。相手はすぐに目をそらし、離れて行った。

「どこで顔を見たのだったか」

なかなかの男前だ。少し考えて、思い出した。昨日、樽が崩れたとき、お澄を助けようと近づいてきた者がもう一人いた。その男に違いなかった。

わずかの差で止吉がお澄を突き飛ばして覆い被さったが、その者が助けた可能性も大きかった。ただ寅之助は、気に留めたわけではなかった。惣右衛門の体の具合の方が案じられた。

この近くの住人で、たまたまそこにいただけのことと考えた。

そこへ奥から、お澄と同じくらいの歳の娘が出てきた。

「おとっつぁん、大丈夫」

お澄に声をかけた。昨日樽が崩れる前まで、一緒にいた娘だと分かった。訪ねてきていたようだ。

「うん、なんとかなりそうだけど」

惣右衛門を奥の部屋へ運び、横にならせた。寅之助はそれで引き上げることにした。役目は終わった。寅之助は、持たせていた小火鉢を抱えている。

店先に戻って履物をつっかけようとしたときに、お澄から声をかけられた。

「返す返すもお世話になってしまって」

礼を言われた。

「いえいえ、お大事に」

ここでお澄は、先ほど姿を見た娘を引き合わせた。

「お琴を一緒に習っている、お志乃ちゃんです」

「ああ」

寅之助は頭を下げた。日本橋坂本町（さかもとちょう）の乾物問屋熊井屋（くまいや）の娘でお志乃だと紹介された。鼻がやや上を向いていて美形とはいえないが、表情が愛らしい。お志乃には寅之助を、昨日樽が落ちてきたときに助けてくれた人だと紹介した。

寅之助は、紹介されたお志乃と、八丁堀（はっちょうぼり）近くまで二人で歩くことになった。お志乃の住まい坂本町は楓川の河岸道にあるから、そこまでは一緒だ。

お澄は父親の世話があるから、長居はできないとお志乃は言った。

「昨日の樽の話を聞いて、私、気になって様子を見に来たんです」

事故を知ったのは、今日になってからだとか。

「なるほど。おどろいたでしょうね」

「ええ。そんなこと、知らなかったから」

寅之助は、年頃の娘と二人だけで歩くのは初めてなので緊張した。

お志乃は寅之助をお澄を助けた人と考えるからか、初めから好意的な口ぶりだった。

「相州屋の旦那さんは、持病がおありなのですか」

話すことが浮かばないので、惣右衛門の病を話題にした。

「半年くらい前から、お腹の痛みを訴えるようになって。どんどん痩せて、顔色も悪くなりました」

顔色のことは、言われるまでもなかった。

「医者にはかかっているのでしょう」

「ええ、でもなかなかよくはならない様子で。まだ、ずっと寝込むまでにはなっていないようですけど」

とはいえ、たまに激痛があるらしい。それで寝込む日もあるとか。

「では商いの方も、案じられますね」

まず気になったのはそれだ。しかも相州屋には、跡取りの男児がいない。大店であっても、主人にいきなり何かがあったら土台が揺らぎかねない。

「先代から奉公している、やり手の番頭さんがいます。ですからすぐにどうとはならないようですけど」

　さらに何か言おうとして言葉を呑んだ。

「お澄さんに、婿は来ないのですか」

　大店だから、縁談はいくらでもあるだろう。決まっているならば、それなりに店をやれる者に相違ない。

「それが、縁談はあるらしいのですが、どれも決まるには至らないようで」

「困りますね」

　ちらと、大黒屋のことが頭に浮かんだ。とはいえ角次郎は、惣右衛門のような病持ちではない。

「ですから旦那さんは、早く縁談を決めたいらしいのですが」

　その気持ちは分かる。

「お澄さんが、嫌がるのですか」

「そうではなくて、あそこは分限者だから」

　言いにくそうに告げた。

「金目当ての者では、困るわけですね」

「たぶん」

ない。

稽古仲間だから、お澄とはいろいろ話をするらしい。しかし肝心なところは分からないようだ。

分かっても、初めて会ったばかりの寅之助には、詳しいことは話さないかもしれない。

「寅之助さんは、羽前屋さんでは長いのですか」

と尋ねられた。明るい表情でお喋りな娘にも感じるが、不快ではない。娘はおおむねお喋りだ。

「まだ四か月ほどです」

「まあ。ではその前はどちらに」

初対面でそこまで尋ねるかとも思ったが、やはり不快ではなかった。

「旗本家の勘定方に」

これくらいならば、話してもいいかと思った。関心を持たれたことに、こそばゆさがあった。初めてだ。

「ではお武家さまから、商人に」

仰天した様子だった。

「そんなことって、あるのでしょうか」

「大黒屋と羽前屋の旦那さんはそうです。他には聞きませんけど」

角次郎と善太郎について、大まかなところを話した。

「まあ」

お志乃は興味を持って話を聞いた。町家の次三男が、御家人株を買って侍になる話は耳にするが、反対は極めてまれだ。

「お武家さまは、腰に刀がないと歩きにくいと聞いたことがありますが」

「そんなことは、ありません」

あっという間に、八丁堀近くまで来てしまった。寅之助は永代橋を渡るので、共に歩くのはここまでだ。

「では」

それで別れたが、少しばかり名残り惜しい気がした。

翌々日の大晦日、寅之助はお稲から用を頼まれて、江戸橋近くまでやって来た。

人通りの多いところでは、屋台店が並んで市となっている。

「安いよ、安いよ。買い残しがあったら、正月は迎えられないよ」

親仁が声を上げている。

売るからだ。

大晦日の市は、捨市と呼ばれる。各歳の市で売れ残った品を、捨てるような値で売るからだ。

それを狙って買いに来る者は少なくない。

江戸橋の南河岸が目に入って、寅之助はお志乃のことを思い出した。楓川が南に延びている。昨日から、時々思い出した。

とはいえ恋情とはいえない。琴を習うような娘では自分とは釣り合わないと分かるから、初めから考えない。ただ熊井屋の様子を見ておきたくなった。江戸橋からならば、遠いところではない。楓川の東河岸だ。

熊井屋はすぐに分かった。表通りの店で、乾物を商っている。間口が四間半あった。

大店とはいえないが客の出入りは多く、繁盛している様子に見えた。お志乃がいるかと店の中を覗いたが、その姿はなかった。少し物足りない気がしたが、それならばそれでよかった。

五

文化十四年（一八一七）丑年が開けて、七草を迎えた。大黒屋でも、お万季とお波津が粥を炊いた。

松飾りや注連縄は取り外され、大黒屋を始め各商家は常の商いを再開していた。店の前の通りを、満載の荷車が通り過ぎた。振り売りの声も聞こえてくる。すでに立春も過ぎていた。

「ごめんなさいまし」

正午にはまだ間のある刻限に、米問屋戸川屋の主人清右衛門が角次郎を訪ねてきた。蔦次郎の父親で、小僧の供を連れただけだった。

角次郎はすぐに、客間に通した。茶菓を運んできたお万季がいるだけで、お波津も正吉もこの場にはいない。

「威勢のいい商いが始まっていますね」

「はい。いつまでも正月気分ではいられません」

年初の挨拶は、角次郎の方が店まで訪ねて済ませていた。同業でも商いのやり方は異なるので、商売上の接点はない。戸川屋は関東米穀三組問屋の株を持っているが、大黒屋や羽前屋にはない。

江戸には年に二百万俵ほどの米が入津するが、そのおおよそ半分が商人米だった。

この商人米を中心になって扱うのが、関東米穀三組問屋と呼ばれる株仲間の店である。誰でも持てる株ではなく、持っているだけで米商人としての信用を得られた。大店の証と言ってよかった。

大黒屋も株を得る機会を得たことがあるが、あえて持たなかった。仲間に縛られない商いをしたかったからだ。

藩米や幕府米も扱っている。米問屋の看板を掲げていても、商人米を扱う店があり、藩米や幕府米を扱う店がある。三つの米すべてを扱う大黒屋と羽前屋は、米商いの中では異端といってよかった。

「戸川屋さんも、お忙しいでしょう」

角次郎は、清右衛門が話しやすいように、話を振った。商いの話ではないとすれば、用件は一つだ。

「お波津さんとの縁談についてですが」

清右衛門は、出された茶をわずかに啜ってから、予想した通りの言葉を口にした。口出しはしないが、お万季も傍に座った。

「すでに三月以上が経ちました。話を進めさせていただきたいところです」

「なるほど」

「蔦次郎も、私どもも、そうしていただきたいと願っております」

昨年の秋からの話だ。そろそろ返事が欲しいところだろう。これまでは、催促がましいことは口にしていなかった。

「ありがたいことです」

角次郎は頭を下げた。戸川屋が焦れてきたのは分かる。また強く望まれるのもありがたい。蔦次郎に不満はなかった。

ただ腹を決めかねるのは、話に挙がっている正吉も、善太郎がどうかとする寅之助も、捨てがたい者だからだ。ただそれはこちらの事情で、戸川屋には関わりのないことである。こちらの事情ばかりを押しつけるわけにはいかない。

ただ無暗に先延ばしをしていたわけではなかった。これまでも、お波津には何度も気持ちを訊いている。

「お波津は三人の中で、特に誰かが望ましいというのではないようです」

お万季は言っていた。夫婦の間でも度々話題にした。ただ急いで決めたいわけではなかった。お波津にとっても、大黒屋にとっても大事なことだ。

とはいえ悩んでばかりいても埒が明かないのは確かだ。そろそろ決着をつけるときがきたのかもしれなかった。

「蔦次郎さんには、ほかにも縁談があるのでしょうなあ」

と言ってみた。大黒屋よりも、好条件の相手があったとしてもおかしくはない。蔦次郎のお波津への思いがあるから、今の形になっているのは明らかだ。

「まあ」

清右衛門は言葉を濁したが、否定はしなかった。戸川屋には戸川屋の事情があるだろう。蔦次郎が共に来ないのは、交渉としてやって来たからだと察した。

「では、今月いっぱい待っていただけますか」

誰になるにしても、お波津には覚悟を決めさせたい。それが親心だった。

「分かりました。ではそうさせていただきましょう」

清右衛門は答えた。強引とはいえない。一月の末日になって返事がなければ、蔦次郎の気持ちに関わりなく他の縁談を進めるという意思表示でもあった。

同じ日の午後、札差井筒屋の主人総左衛門が大黒屋へ顔を見せた。正吉の本来の奉公先である。

札差羽黒屋を始めるようになってから、知り合った。幕府米の売買の流れについては、よく情報交換をしていた。角次郎とは、札差仲間としての知り合いだ。

正吉は札差の手代としても使える者だから、大黒屋の婿としてどうかと薦めてきた。お波津は羽黒屋にも出向いているから、その働きぶりを目にしていた。

婿にどうかと薦めてきたのは、正吉のためにだ。しかし総左衛門としては、使える者だから、縁談が纏まらないならば井筒屋へ戻したいと考えたとしてもおかしくはない。正吉は舂米屋の生まれだが、商人としてここまで育てたのは総左衛門だ。

客間に通し、お万季と共に話を聞いた。

「正吉をお預かりいただいていますが、元をただせばうちの手代です。いつまでもこちらのお世話になっているわけにはいきません」

引き上げさせたいという話だった。二月には直参の給与支給に当たる切米がある。札差では忙しいときで、戦力が欲しいのは確かだ。

米問屋の仕事を理解させるだけならば、もう充分な日が過ぎたといってよかった。返事ができないまま、年が明けてしまった。

「いかにもそうですね」

戸川屋にしたのと同じ言葉を、返すしかなかった。これ以上大黒屋に置くのは、こちらの都合だ。

「今月いっぱい待っていただけませんか」

と告げるしかなかった。だめならば、言われた通りにするまでだ。

お波津は、清右衛門のときも総左衛門のときも、廊下で話を聞いていた。訪ねて来たのは、すぐに分かった。いけないとは思ったが、縁談に関する話だからやはり気になった。

どちらの申し出ももっともだし、角次郎の返答も当然だと思った。

婿の候補には蔦次郎と正吉、それに寅之助もいると分かった。三人とも、それなりに大黒屋の婿にふさわしい。親が決めればそれに従うが、自分では決めがたかった。しかしそういうどっちつかずの思いでいるのは、相手にも無礼だと気がついた。

「腹を決めるときがきた」

と感じた。

六

新年も七草となって、商家では日々の商いに追われるようになっていた。ただ晴天の空には、凧が揚がっている。子どもには、まだ正月は終わっていないのかもしれなかった。

習い事も、この頃から新年の分が始まる。

この日お澄は、日本橋松島町の琴の師匠のもとへ初稽古に行った。お志乃も来ていた。終わる刻限は、いつも決まっている。おおむね八つから七つまでの稽古だ。

久しぶりに会った弟子の娘たちは、正月にどう過ごしたかについての話題に花が咲いた。そしてお澄とお志乃が二人になった帰り道、江戸橋が見えるところまでやって来た。

「あのときは、怖かったっけ」

お澄は、樽が崩れてきたときのこと話題にした。

「怪我もなくてよかった」

お志乃が応じた。あのときは別れて少しばかり歩いたところで、何かが崩れる音と、人の声が聞こえた。けれども家に用事があったので、そのまま歩いた。まさかお澄に災難が降りかかっているとは、考えもしなかったと話した。

「何もできなくて、ごめんね」

「ううん。そんなこと、仕方がない」

「だから翌日知って、慌てて相州屋を訪ねたの」

「かえって、驚かせてしまって」

「樽をちゃんと縄で縛っておかなかったやつが悪いんだ」

怒ったような言い方をした。けが人が出ていたらどうするんだと付け足した。

「でも正吉さんという人と、寅之助さんとが通りかかってくれてよかったじゃない」

「うん、そうね」

「正吉さんて、どんな人」

お志乃は正吉の顔を見ていない。若い手代に関心があるらしかった。

「働き者といった感じだけど」

「それだけ」

物足りないといった口ぶりだ。

事があった翌日、礼に行ったとき正吉は掛け取りに出ていた。戻って来て改めて顔を合わせたが、商人としてそれなりの仕事をこなしている者に見えた。話しぶりも、はきはきしていた。

男前ではないが助けてくれた人だから、好感は持った。さぞかし痛い思いをしたことだろう。顔には出さなかった。頼もしいと感じるが、それは恋情ではない。

「いい若い衆だ」

父の惣右衛門は、言っていた。

「もう一人、助けてくれた寅之助さんも、なかなかしっかりした人だった」

お澄は、好意的な言い方をした。

「そうでしょうね」

寅之助とは、お志乃も会っている。反対しなかった。歳月が経てば、どちらも一廉の商人になるに違いない。そして続けた。

「どちらかを、相州屋さんのお婿さんにしたらどう」

明るい口調だ。

「まあ」

そこまでは考えなかった。ただ年齢を考えれば、おかしくはないだろう。

「でも向こうにも、いろいろな事情があるんじゃない」

お澄は言ってみた。二人を縁談の相手と見られても、心が動いたわけではなかった。あまりにも唐突だ。

「お志乃ちゃんはどうなの」

と言ってみた。お志乃には男の兄弟はなく、妹がいるだけだった。お志乃が婿を取ると聞いていた。

「まさか」

お志乃は、あははと笑った。

「あの人、元はお武家だったんだって。変わり者だよ」

と口にしたが、まんざらではない気配だった。そこまで聞き出したのか、とも思った。お志乃は物怖(ものお)じしない。明るいお喋(しゃべ)り好きだ。

「じゃあ」

江戸橋を渡ったところで、お澄はお志乃と別れた。お志乃は楓川河岸へ向かう。

少し歩くと、樽の事故があった場所に出た。

「お澄さん」

そこで声をかけられた。振り向くと、役者にしたいほど整った顔の若旦那(わかだんな)ふうが立っていた。

「ああ、浩吉(こうきち)さん」

どちらともなく頭を下げた。

「昨日はこの辺りで、怖い目に遭ったようで」

案ずる表情だった。

「ええ、まあ」

「怪我もなかったようで、何よりです」

笑顔になった。優し気な人柄だと感じた。

「どうしてそれを知っているの」

「たまたま見ていた者から聞きました」

それで案じてくれていたようだ。浩吉と会うのは、これで三回目だ。

日本橋本材木町六丁目の味噌醤油問屋、丹波屋三郎兵衛の次男坊だ。一月半ほど前に、同業の主人が縁談として紹介してきた。

初対面の相手でも如才なく相手をして、不快感を与えない。お澄にしてみたら、まだ恋情までは行かないにしても、嫌な相手ではなかった。

ただ祝言を急いでいるはずの惣右衛門だが、丹波屋との祝言を進めようとはしていなかった。丹波屋は大店とはいえないが、表通りの店だ。

「どうしてなの」

「そうだなあ」

惣右衛門は、はっきりとは答えない。そのままになっていた。

縁談は、他からもあった。秤にかけているのかもしれない。病を得てはいても、商人(あきんど)としての鋭さは失われてはいないと感じる。親から引き継いだ店を、生涯をかけて大きくした人だ。

相州屋を守りさらに大きくできる者、というところから見ているのは明らかだ。

「おとっつぁんが勧めないなら、無理をすることはない」

と思っていた。

「どうです。汁粉でも食べませんか」

道の少し向こうに甘味屋があって、浩吉はそこを指さした。

「ありがとうございます」

とは口にしたが、惣右衛門が勧めようとしない相手と二人だけで店に入るのは躊躇(ためら)われた。何を話したらよいのか、見当もつかない。また気軽にさそいかけてくるのにも、ついていけなかった。

「これからちと、用事がありまして」

そう告げて頭を下げると、お澄は歩き始めた。せっかくの誘いでも、惜しいことをしたとは思わなかった。

七

その翌々日、お万季は町内を歩いていて、近くの蠟燭屋の女房から声をかけられた。どこかから梅の香がにおってきている。

「お波津さんの婿さんは、まだ決まらないの」

同い歳で、古くからの付き合いだ。互いの家のことはよく分かっている。蠟燭屋の倅は、すでに嫁を取っていた。

「そろそろだけどねえ」

決めなくてはならないが、返答ができる状況ではなかった。

「正吉さんは、どうなったのさ」

お波津の婿に、正吉はどうかと口にする者はそれなりにいる。こちらから話したわけではないが、同じ店にいる若い者同士だから目につく。町内で噂になっているのは分かっていた。

蔦次郎や寅之助のことを知る者は少ない。大黒屋の者ではないから、気づきにくいのだろう。

「まあねえ」

この手の問いかけには、答えようがない。町の者だから、いい加減なことは口にできない。軽い気持ちで話したことも、尾鰭(おひれ)がついて広がる。

「その正吉さんだけどね、あの人のことを尋ねに来た人がいましたよ」

「えっ」

すぐには意味が分からなかった。

「働きぶりとか、人柄とか、そういうことを訊(き)いてきたんですよ」

「それは」

魂消(たまげ)た。予想もしないことだった。

「もちろん、悪いことなんか言わなかったですけどね」

そもそもないから、と付け足して笑った。

「どうしてそんなことを」

正吉が何かまずいことをしでかすとは思えない。それならば、すぐに話すはずだった。

「聞いた人は、どんな感じの人だったの」

「商家の番頭といった感じ」

「じゃあ、まともな人ね」

「そう。だからちゃんと答えたの」

尋ねられたのは昨日だ。

「ひょっとして、正吉さんを婿に欲しいとかの話じゃないかね」

いたずらっぽい目をしている。関心がありそうだ。

「まさか」

と言ってから、息を呑んだ。ない話ではないと察せられた。訪ねた人がまともそうな人だというのなら、なおさらだ。

「ならば誰か」

胸の内で呟いたが、思い当たるふしはなかった。

尋ねた番頭ふうは、正吉を商人として使えると見ている。そこに目を付けた者がいたとしたら、慧眼の持ち主に違いない。

蠟燭屋の女房の言う通り、どこか確かな商家の婿になるならば、正吉にとっても悪くない話だろう。ただ大黒屋としては、惜しい気もした。

お波津は、百文買いの客のために、嵩増し用の屑米を求めて舂米屋を廻る。安く米を食べさせたいからだ。

もちろん大黒屋でも屑米は出るが、米を舂くことは少ないので、充分な量は得られない。問屋は玄米で卸す。そこでお波津は、舂米屋を廻った。顧客のところだけでなく、その他の店にも足を延ばした。

百文買いの客対応は、お波津と小僧が受け持った。裏店暮らしの者の気持ちが分かるし、市井の景気の良し悪しを膚で感じることができた。これは大きい。

問屋としての商いにも役に立つ。米商いの問屋では、米を食べる者の顔が見えない。常に膚で感じているべき、というのが角次郎の方針で、お波津は共感していた。大黒屋のすべての小僧にやらせた。

間口二間半の舂米屋を、角次郎とお万季は力を合わせて、年間七千俵を扱う大店の問屋にした。その両親の思いを、自分は引き継いでゆく。その決心は揺るがない。

いよいよ婿を決めなくてはならないときになった。

蔦次郎も正吉も、大黒屋の商いについては、理解をしてくれている。善太郎は寅之助も含めて考えろと言っていた。商人として使える者だという意味だと、受け取っていた。選ぶ相手は、多い方がいい。

実家の店の格から言えば、蔦次郎が相応しいと口にする者はいる。それならばそれでいいと思っていた。

「あの人ならば、愛せる」

と胸の内で呟いた。そのとき隣町の米問屋の中年の番頭と出会った。同業として親しくしている者だった。

「お波津ちゃん、見かけるたびにきれいになるねえ」

口先だけだが、いつも愛想はいい。

「そんなことないですよ」

と照れて見せる。それから真顔になって問いかけてきた。

「正吉さんは、いよいよどこかに婿入りかね」

「えっ」

予想もしない問いかけで、どきりとした。初めは自分の話かと感じたが、そうではないらしい。

「てっきりお波津さんと一緒になると思っていたけど」

「はあ」

やはりそうだ。

大黒屋のことではあっても、知らぬ間に何かあったのか。驚きと同時に、気にもなった。何も耳にしてはいなかった。

　正吉の先行きのことならば、聞き捨てならない。

「何か、あったんですか」

　確かめられずにはいられなかった。

「いや。つい昨日のことだが身なりのいい番頭ふうがうちに来てね。正吉さんのことを尋ねてきたんですよ」

　働きぶりや人となりなどだそうな。

「まあ、どうしてそんなことを」

「なに。それでひょっとしたら、婿にでもしようという腹かと」

「なるほど」

　自分は知らないことだが、あってもおかしくはなかった。ただそういう話はきていない。くれば、すぐに自分にも伝えられるはずだった。

　では大黒屋ではなく、本来の奉公先である札差の井筒屋へ行っているのだろうか。

「悪いことで訊かれたのでなければ、いいですけど」

　それで誤魔化した。

　番頭と別れて歩き始める。気持ちが穏やかでない。心の臓が、ぎゅうっと何かに押し付けられるような気がした。

お波津にとって正吉は、祝言を挙げる可能性がない者ではなかった。こちらが選ぶ側だと思っていた。何やら流れが変わってきた。たまたま出会った番頭が、ありもしないことを口にするわけがなかった。

正吉の働きぶりならば、目をつけるどこかの主人はいるだろう。

近くにいたはずの正吉が、自分から離れて行く。恋情などなかったはずだが、胸が騒いでいる。

「自分はどうかしている」

お波津は、胸に手を当てて呟いた。

八

その三日後、大黒屋に相州屋惣右衛門が訪ねて来た。正吉は出かけており、店にはいなかった。

「もう、具合はよろしいので」

出迎えた角次郎は驚いた。体調を崩したことは聞いているので、まず案ずる言葉た。

　そうは言ったが、顔色がいいとはいえない。無理をしてやって来たのだと察せられた。通りには辻駕籠が待っていて、万一のためにか屈強そうな小僧を供にしていた。

　そこまでして訪ねて来たのならば、粗末にはできない。

「さあ、どうぞ」

　奥の間に通して、お万季も部屋に入れた。お波津が茶菓を運んだ。

　年が明けてからの商いについて話をした後、惣右衛門は本題に入った。体調はともかく、顔には笑顔を浮かべていた。

「こちらの正吉さんを、うちの婿に迎えたくお願いに上がりました」

「さようで」

　聞いた角次郎は驚きはしたが、腰を抜かすほどではなかった。お万季から、正吉の人柄や働きぶりを調べる者がいるという話を聞いていた。蠟燭屋の女房だけでなく、木戸番小屋の番人や顧客の中からも、角次郎は耳打ちをされていた。

　尋ねたのは身なりのいい番頭ふうで、丁寧な口ぶりだったとか。

「悪いことをしての調べではないぞ」

「誰でしょう」

とお万季と話して、何軒か思い当たる商家を上げた。その中には、相州屋も入っていた。婿というだけでなく、将来の番頭として育てたいという気持ちを持つ者もいるかも知れなかった。

「気合いの入った若い方と、お見受けしました」

「それはもう」

自信を持って薦められる。もちろん、ただ手放すのは惜しい気持ちはあった。井筒屋総左衛門にしても同様だろう。

「ご無礼なことながら、いろいろ調べさせてもらいました」

惣右衛門は頭を下げた。

「いや、それはそうでしょう。いかがでしたか」

「見どころのある若い方と存じました」

納得がいって、体調がよくないにも拘わらずやって来たのだ。番頭には任せていなかった。それだけの気持ちがあるということだ。

「お澄さんは、それをご承知で」

段取りを立てて、事を進めている。親戚筋にも話したそうな。

「もちろんです」

「正吉さんには、すでに縁談があるのでしょうか」

案ずる気配で言った。正吉とお波津については、界隈では噂になっている。しかし決まった話にはなっていなかった。あくまでも噂だが、耳にはしているはずだった。だからこそ、問いかけてきたのである。

「ないわけではありません」

お波津のことには触れず答えた。

「当然でしょうねえ」

惣右衛門はため息を吐いた。

「決めるのは正吉ですので、お話はいたします」

大黒屋の婿にすると決まっていたのなら、この話は断る。けれどもそうはなっていなかった。話がまとまらなければ、今月限りで井筒屋へ戻さなくてはならない。惜しい気持ちがあった。婿にならなくても、置いておきたいくらいだ。

「では、お願いをいたします」

ほっとした顔で惣右衛門は口にした。

「返事については、すぐには出来かねますが」

ここははっきりさせておく。

「もちろんでございます。正吉さんには、一度店に来ていただき、商いの様子を見てもらうのもよいかと存じます」

正吉には、大きな商いをしたいという野心があると察している。米ではないが、同じ穀類を扱う相州屋ならば、不満はないかもしれない。

商いの様子を、目の当たりにすることは大切だ。たとえ婿にならなくても、これからの商いに役立つ。

「伝えておきましょう」

それで惣右衛門は引き上げて行った。見送りには、呼びかけたわけでもなかったが、お波津も顔を出してきた。やり取りを聞いていたのかどうかは分からない。

気持ちの読み取れない表情だった。

正吉は、竪川河岸にある大黒屋の納屋へ出向いていた。月が替われば、知行地を持たない直参の給与である切米がある。入荷する幕府米を納める場所を確保しておかなくてはならなかった。

朝の内、角次郎は命じていた。

一口に米とはいっても、どれもが同じではない。

奥州米沢米や尾張米、美濃米など質がいいとされる品は上米で、高値で売買された。逆に常州新治郡米や奥州南部米などは下米とされた。問屋としては、分けて納めておかなくてはならなかった。

その見分けは、札差井筒屋にいたときからできるようになっていた。

角次郎は正吉のそういうところも買っていた。出入りする札旦那と呼ばれる直参を相手にするだけではなかった。米を見る目が、養われていた。大黒屋でも手代としてすぐに役に立ったのは、扱う米に対する執着があったからだ。

「話がある。おいで」

戻ったところで、角次郎は正吉を呼び出した。他の奉公人がいる帳場ではなく、奥の部屋だ。

「実はな」

お万季を交えて、相州屋惣右衛門が訪ねて来たことを伝えた。

「そ、それは」

角次郎から話を聞いた正吉は、目を丸くし、すぐには続きの言葉を出せなかった。

膝の上の手を、ぎゅっと握りしめた。

しばらくして、やっと声を出した。

「相州屋へ行け、ということでしょうか」

やや掠れた声だ。困惑しているのが見て取れた。大店への婿入り話だが、嬉しそうには見えなかった。

「そうではない。相州屋さんから話があったことを、伝えたまでだ」

「はあ」

肩から力が抜けたのが、見ていても分かった。

「どうするかは、おまえが決めることだ」

角次郎は告げた。井筒屋からは、期日を切られて、お波津との話の決着をつけてほしいと言われている。このことは、総左衛門から聞いているはずだった。

「すぐに返事を求められているのではない」

一度店に来てほしいと言われたことも伝えた。

「無理にとは言わないが、雑穀商いの様を見てくるのは、悪くないぞ」

付け足して言った。

九

正吉は、頭を下げて角次郎とお万季のいる部屋から出た。外で小鳥が鳴いている。その音に初めて気がついた。

部屋にいたのは短い間だったはずだが、長く感じた。

歩き始めたところで、襖一つ隔てた隣の部屋にお波津がいて目が合った。お波津は何か言おうとしたので、正吉は立ち止まった。

言葉を待った。けれどもお波津は、出しかけた言葉を呑み込んでしまった。

頭だけ軽く下げたので、正吉はそれを返した。

このとき何か言いたい気がしたが、話すべき言葉が浮かばなかった。そのまま廊下を歩いて、店の裏手の倉庫へ行った。

誰とも会いたくないし、話したいとも思わなかった。ふうとため息を吐いた。

悪い話でないのは分かっている。米と雑穀では違うにしても、相州屋は大黒屋よりも商いの規模は大きいと聞いていた。そこの主人に見込まれたことは、自信にもなったし喜ぶべきだとも思った。

奉公人にとっては、誉といっていい。

「婿となって、腕を振るいたい」

そう胸の内で呟いた。けれども気持ちは弾まない。

角次郎は、話を断らなかった。決めるのは自分だと言ったが、どうしても自分が必要ならば断るのではないかと思った。

ならばどうしても必要な者ではない、ということになる。

そして隣の部屋にいたお波津は、当然ここまでのやり取りは聞いていたはずだった。それなのに目が合っても、頭を下げただけだった。

拍子抜けした気持ちだ。お波津が言おうとしたことを、聞きたかった。しかし尋ねるわけにはいかなかった。

お波津は話を断って欲しかったのか、よかったと言おうとしたのか、正吉には見当もつかない。喜んでいるようには感じなかった。だからなおさら気になった。

ただ尋ねるのは、心の中に踏み込むようなものだろう。尋ねるのは憚られた。また求めているような返事を、得られるとは限らない。

怖さもあった。

ただ胸に響くのは、ぜひにも大黒屋にいろと言われたのではないからだった。角次郎もお波津もだ。

「大黒屋の主人には、蔦次郎さんの方がふさわしい」

口に出したことはないにしても、その言葉は何度も腹に呑み込んでいた。

「お波津さんとも似合いだ」

そう呟いて、ちりとした痛みが胸にあった。納得はしている。ならばいっそ、相州屋へ行ってもいいかと考えた。

ただ相州屋がどのような店かは分からない。樽の事故のときお澄からその名を聞き、大店だと噂は耳にしていたが、店を見たことはなかった。そして正吉は、ここで初めてお澄という娘の顔を思い浮かべた。

鼻筋が通っていて、賢そうな娘だとは思った。それ以上の印象はない。ほとんど口を利かなかった。ともあれ、相州屋を見て来ようと考えた。

翌日、正吉は角次郎に断って、日本橋界隈の顧客への挨拶の後で芝口二丁目まで足を延ばした。芝口橋周辺は繁華だが、馴染みのない町である。

「ああ、あれか」

増上寺方面に向かって歩くと、すぐに目についた。間口六間半の大店で、屋根も高い。客の出入りも多く、小僧の動きもよかった。店に活気があった。何台もの荷車が、整然と並んでいる。

斜め向かいにある太物屋の手代を捉まえて、相州屋について訊いた。あらかじめ用意しておいた、重いお捻りを握らせている。

「そりゃあ繁盛していますよ。芝界隈だけでなく、その周辺の小売りの方々が来ているようです」

「旦那さんは、病がちだと聞きましたけど」

「そうみたいですね。でも、蘭方の腕のいいお医者さまがついていると聞きましたが」

できる治療は、尽くしているらしかった。これだけの大店なら、当然だろう。それでも一年前と比べて、驚くほど痩せたそうな。

「商いには厳しいようですよ。睨まれると、私も怖いですから」

苦笑いをした。大黒屋では穏やかに見えたが、気迫のある人らしかった。

「奉公人に対しては、どうですか」

「それはもう、なかなかです。博奕に手を出した者や金銭面で不始末をした者は、容赦なく辞めさせます。ただちょいとしたしくじりなどでは、叱っても辞めさせることはありません」

「なるほど、それなりの温情はあるわけですね」

「はい。奉公人が病に罹ったり怪我をしたりしたときには、充分な手当てをします。だから手代や小僧は、精いっぱいやるのではないですか」

どこか羨ましそうな口ぶりになった。

店を大きくした人として、敬われている気配だった。月行事などもやって、町のためにも尽くしているのだとか。旦那衆の一人だ。

「しかし万一、病が重くなったら店はどうなるのでしょう」

「貞之助さんという番頭さんがいます。旦那さんの片腕です」

歳は四十四で、働き盛り。その番頭が目を光らせている限りは、簡単には傾く商いではないだろうと続けた。主人とは、遠縁の者だというから、意見は重んじられるようだ。

本所界隈で自分を探ったのは、番頭の貞之助だと見当がついた。

大黒屋周辺で自分のことを探っている者がいたのは、角次郎やお万季から聞いた。今思うと、誰かに見られている気がしたこともあった。

そうなると、貞之助も婿入りを反対しなかったことになる。それには満足があった。

「認めてくれる人のもとで働きたい」

それは誰しものことだろう。

古着屋があって、そこで店番をしていた婆さんにも訊いた。ここでも同じ額のお捻りを渡した。

「旦那(だんな)さんはいい人ですよ。早く達者になってほしいけど」

とまず言った。耳にした内容は、おおむね太物屋の手代と同じだった。

「あそこのお澄さんには、働き者の婿さんがくるといいんだけどねえ」

と言い足した。万事に控えめで、父親の世話をよくするのだとか。

「決まってはいないのですか」

「縁談はあるらしいけど。旦那さんや番頭さんの眼鏡に適(かな)う人は、なかなかいないのかもしれないねえ」

ふうっと息を吐いた。婆さんは、惣右衛門や貞之助には人を見る目があるとして認めていた。

「そうですか」

聞いた正吉は、相州屋に対する気持ちがわずかだが変わった。

店の前を通って、貞之助の顔を検めた。お澄の姿は、店にはなかった。

「おや」

通り過ぎたところで、破落戸ふうの二人が、相州屋に目を向けているのに気がついた。何やら話しているが、声は聞こえない。

相州屋について話しているのは間違いないが、嫌な目つきだった。どこかで見た顔だと思ったが、はっきりしなかった。

少し話すと、そのまま行ってしまった。

十

寅之助が廊下を歩いていると、部屋の中から善太郎とお稲が話す声が聞こえた。善太郎は少し前に大黒屋へ行って、戻ってきたところだった。

善太郎の、「お波津」という声が聞こえたので立ち止まった。いけないと分かっていても、つい聞き耳を立ててしまった。お波津のことが、気にかかった。何があったのかと考えてしまう。

「では正吉さんは、昨日芝口二丁目まで行って、相州屋の様子を外から見てきたわけですね」

「そういうことだ」

「で、どんな」

「嫌ではなかったらしい。断らなかったというからな」

「応じたわけでも、ないのですね」

お稲は、何か考えるように言った。正吉の気持ちを慮(おもんぱか)ったのだと察せられた。

二人のやり取りから寅之助は、正吉に婿入りに関わる新たな出来事があったことを知った。

「考えたい、という話ではないか」

「店を訪ねて、商いの様子を間近に見てから、どうするか決めるわけですね」

お稲は、どこか不満気な口調だった。

「おとっつぁんが話したわけだからな、すぐに断るわけにはいかないと受け取ったのではないか」

「そうでしょうか。気持ちが揺れたのでは」

「それは分からないさ。本人は、何も言わないのだからな」

「そうですね」

「明日にも店へ行って、一日過ごして商いぶりを見るらしい」

ここまで聞いて、寅之助は部屋の前から離れた。

「そうか。正吉さんは、相州屋へ行くのか」

相州屋という屋号には覚えがある。樽が崩れて、お澄という娘を助けた。礼のために羽前屋へも訪ねて来たおり、主人の惣右衛門は具合を悪くした。それで寅之助は店まで送ったが、そこで初めて店を見た。重厚な店構えは記憶に新しい。

過日盗賊が籠城をしてお波津が人質になったとき、救うために正吉は雪隠の傍で見張りをした。寒い上に、臭いはきつかった。ただそれで、内情が分かった。お波津が雪隠の窓から、賊の目を盗んで投げ文をしてきたからである。

それを受けたのが、正吉だ。

「半端な思いではできない」

と感じた。お波津への、何かしらの情があってこそのことだと見ていた。大黒屋への婿入りというだけではないだろう。

「正吉さんが他所へ行くならば、大黒屋へは蔦次郎さんが入るわけか」

自分も話の中に入っていると聞いているが、二人と比べれば影は薄い。寅之助はそんなことを考えた。

「それが、妥当なところだ」

と呟きになった。ただそう考えて、胸の内に寂しさが残った。

胸の奥にあった、気持ちを掻き立てさせるものが、にわかに薄れた気がするからだ。

自らが危険にさらされながらも、お波津は妊婦の友達を支え、無事に出産をさせた。その芯の強さには、寅之助も強く心を惹かれた。恋情とはいえないが、お波津を特別な娘と見るようになったのは確かだ。

大店育ちの蔦次郎は甘いところもあるが、真摯に事に当たる。お波津と祝言を挙げることに異存はないが、気持ちのどこかに嫉妬もあった。

「あの人は恵まれている」

という気持ちだ。とはいえ、嫌なやつではない。好ましい人柄だと思っていた。

翌日七つ過ぎくらいの頃、帳付けをしていた寅之助は善太郎から京橋の顧客の店を訪ねるように命じられた。

「赤子ができた祝いの品を届けてくるように」

白絹一反を手渡された。羽前屋では、顧客の冠婚葬祭にはそれなりの対応をする。

扱い量によっては、善太郎が足を向けることもあった。

訪ねた初老の主人は、孫の誕生に相好を崩していた。

「どこか私に似ていますよ」

気持ちをこめて口上を述べ、寅之助は品を差し出した。

用が済むと、寅之助は戸川屋のある南紺屋町へ足を向けた。蔦次郎の様子を見てみたかった。

善太郎とお稲の話を、確かめたい。

店の前まで行くと、小僧たちが荷車に米俵を積んでいるところだった。その指図を蔦次郎がしていた。

「これは寅之助さん」

向こうから声をかけて来た。いつもと変わらない様子だった。

「近くまできたので」

これは嘘ではなかった。

「年が明けてから、大黒屋さんへ行きましたか」

先に蔦次郎から問いかけられた。

「挨拶(あいさつ)に、一度だけ」

新年の挨拶で、善太郎の供をした。それだけだ。

「蔦次郎さんは」

縁談が進んでいるならば、何度か顔を出しているだろう。

「年の瀬の餅搗き(もちつき)には伺いましたが、年が明けてからは、私も年賀の挨拶に伺っただけです」

物足りないような口調だった。

ならば行けばいいのにと寅之助は思った。次男とはいえ若旦那(わかだんな)なのだから、動きやすい立場だ。これまでも、折々訪ねていたと聞いている。

正吉の相州屋への入り婿話について話題にしようかとも思ったが、噂話をするのは憚ら(はばから)れた。決まった話でもない。

「ご繁盛、何よりですね」

当たり障りのないことを口にした。

「まあ」

ここで蔦次郎が何か言おうとした。しかし言葉を飲み込んだ。

「邪魔をしました」

小僧に荷車を引かせて、どこかへ行くところだった。長話はできない。物足りないが、これで別れることにした。

「では」

大黒屋絡みの話になって、いつもと蔦次郎の様子が違った。何かあるのを、隠しているような気がした。それが縁談なら、やはり話は進んでいるのかもしれなかった。

十一

正吉は朝から、相州屋へ出かけた。お波津は、店の前で見送った。一日、商いの様子を店の中から見ることになる。

あいにくの曇天だが、米商いではない店の商いの様を目の当たりにできるのが楽しみなのかもしれない。後ろ姿は潑剌としているように、お波津には見えた。

そして相州屋のことが気になった。

自分の婿になるかもしれないと思われた者に、いきなり婿入り話が降って湧いたのには驚いた。正吉は気迫を持って仕事に当たる人だし、辛抱強い。自分の窮地を救ってくれた人でもあった。

角次郎が添えと言えば、納得して祝言を挙げたいと腹を決めていた。蔦次郎にしてもそうだが。

正吉に対する気持ちは、店へやって来た頃とはだいぶ違っている。仕事だけのつまらない人だと思ったが、そうではなかった。娘の扱いに慣れていないだけだ。近頃になって分かった。

とはいえ婿入り話があったことは、喜ばしい話だと感じた。将来のある商人だと、認められたからに他ならない。

お澄がいい人ならば、祝福したいと思った。

そこで相州屋を見てみたいと考えた。物見高いと自分でも認めるが、その気持ちを抑えることはできなかった。

今日、相州屋には正吉がいるから、気づかれないようにしなくてはいけない。

大黒屋を出ると、いつの間にか足早になった。本所から芝は、かなりの距離がある。

芝口橋を南に渡って、ようやく芝口二丁目に出た。相州屋は大店だから、離れたところからでも目に付いた。

繁華な通りで、店舗も重厚だ。活気のある店の様子で、商い量もさぞかし多いに違いない。正吉ならば活躍できるだろう。

「気をつけやがれ」

店の様子を見ていて、他のことに気がつかなかったのかもしれない。浅蜊の振り売りに怒鳴られた。

近所の店の奉公人や通りかかった振り売りなどから、店のことやお澄の話を聞いた。もちろんお捻りは用意をしていた。

「このへんじゃあ大店ですからね、溝浚いや夜回りなどでも人を出していただきます。助かります」

小間物屋で店番をしていた女房だ。

「お澄さんはいかがですか」

「あの人は親思いだし、腰も低い。よくできた娘さんですよ」

「では、いいお婿さんが現れそうですね」

「そりゃあ、星の数ほども話がきているのではないですか」

詳細が分かって話しているのではなさそうだが、見当違いではないだろう。悪く言う者はいなかった。

正吉や店の者に気づかれぬように注意しながら、店の中を覗いた。心の臓が、どきどきした。

帳場の奥にいる正吉の姿が見えた。真剣な眼差しで、店の様子に目をやっていた。そして番頭らしい、羽織姿の男に話しかけた。

気になったことを尋ねたのかもしれない。

番頭ふうは丁寧に答えた。そして二人は、少しばかり笑いあった。互いに話をするのは初めてのはずだが、ぎこちなさは窺えなかった。

蔦次郎は、言葉巧みに相手を立てて話を円滑にさせる。そのあたりは見事だ。明るい性質が、商いに役立っていた。正吉はそうではない。

余計なことは口にしない。しかし商う品については、相手の望みを引き出しながら、必要な対応をしてゆく。

「正吉さんとならば、商いをつづけたい」

と言う客もいた。相州屋の番頭は、そのあたりを見て取ったのかもしれなかった。

そして自分と同じ歳くらいの娘が、番頭と正吉に茶を運んできた。以前大黒屋で見かけたお澄だ。きりりとした器量よしに見えた。

茶碗を置きながら、笑顔で話しかけた。

正吉も何か答えて、口元に笑みを浮かべた。とはいえ、長話はしない。お澄はすぐに奥へ戻った。

ここで一日過ごした正吉がお澄のことをどう考えるかは分からないが、悪くはないとお波津は思った。すると胸に、微かな痛みが走った。なぜかは分からない。

そしてこんなふうに店を覗いている自分に、後ろめたさを感じた。

「帰ろう」

と言葉になった。

店から離れようとしたところで、他にも相州屋の様子を窺っている者がいることに気がついた。若旦那ふうの二枚目である。

その相州屋に向ける目つきが、一瞬どきりとするくらい悪くなった。店の中では、正吉とお澄が何か言って笑みを浮かべたところだ。

若旦那ふうは何か呟き、そのまま芝口橋方面に歩き出した。

お波津が向かう方向と同じだ。続くように歩いた。芝口橋まで行って、河岸場近くにいた二人の男に近づいた。

「あら」

二人は、商家若旦那には似合わない破落戸ふうだった。三人になって、河岸の道を西に歩いて行った。親しげに見えた。

得体の知れない者だが、何かをしたわけではない。お波津は橋を北に渡って、本所へ向かった。

お澄は正吉に茶を出し、番頭貞之助を含めた三人で少しばかり話をした。来客用のよい茶を淹れた。

「おいしいですね。香りもいい」

と言って正吉は笑顔を見せた。茶の良さが分かったらしい。余計なことは話さない人だが、気遣いは感じた。

雑穀商いにも関心を持ったらしく、熱意を持って店の様子を見て、あれこれ貞之助に問いかけをしていた。貞之助は、満足そうに答えている。気に入っている様子だ。

それは珍しい。気に入らなければ、いい加減にあしらってしまう。

「おとっつぁんが決めた人ならば」

とお澄は思っている。正吉も危ないところを助けてくれた人だし、商いには誠実そうで、祝言を挙げるのは嫌ではなかった。

父親の病もあるので、早く安心をさせたい。その気持ちは大きかった。

それに、家業を守れるという安堵(あんど)は、何ものにも代えがたい。

ただ湧き出るような喜びがあるかというと、それほどではなかった。気持ちに揺れがある。他の道もあるような気がした。そこで頭に浮かんだのが、丹波屋浩吉だった。

「おとっつぁんは乗り気ではなかったけど」

話をするときの様子は優しい。自惚(うぬぼ)れかもしれないが、接してくる目つきや態度に好意以上のものを感じた。正吉にはそれがない。

二枚目だから気になるのではないと、自分では思う。胸にくるのは、自分への心の持ちようだ。

惣右衛門の体調は、今は保たれている。しかし痛みがいきなり襲ってくるのは、珍しいことではなかった。

その痛みの間隔が、徐々に短くなっている気がして怖かった。

「体力がなければ、病には勝てない」

そう考えるから、滋養のあるものを食べさせようと心がけてきた。日々、心を砕いている。母親はすでに亡いから、お澄が台所を束ね惣右衛門の世話をしていた。

「今晩は、小鳥雑炊を食べさせよう」

と思いついた。小鳥の肉をよく煮込んだ汁に、飯を入れる。精をつけてもらいたい。葱や牛蒡といった体の温まる野菜も入れよう。

そこでお澄は、夕暮れ前、新銭座町の裏通りにあるももんじ屋へ行くことにした。通りには、そろそろ夕闇が這い始めている。

繁華な広い通りから横道に入ると、人通りは一気になくなった。海に近い町である。巷では獣肉を口にすることを忌避するふうがあるから、店は人通りの少ない場所にあった。

明かりが灯っていた。

「今日は、いいのが入っているよ」

顔馴染みになった親仁が言った。店には鳥だけでなく、牛や猪、鯨の肉や脂などが置かれている。生臭いにおいは仕方がなかった。

一人分だから、たいした量ではない。小鳥の肉を竹皮に包んでもらった。

「猪の肉はどうかね」

「それはまた次に」

親仁は商売上手だ。

買っての帰り道、表通りへ出る前の薄暗がりから、いきなり二人の破落戸ふうが現れた。避けて通ろうとすると、行く手を塞がれた。

「ねえちゃん、おれたちと遊ばねえかい」

どちらも卑し気な目をしていた。

「ふん」

相手をするつもりはない。何かあれば、大きな声を上げるつもりだった。

もう一度横をすり抜けようとしたができなかった。一人が顔を近づけてきて、いきなり強い力で腕を掴んだ。

「ぎゃっ」

もがいても外れない。大きな声を上げようとしたところで下腹に拳が打ち込まれて、何が何だか分からなくなった。

第二話　争う相手

一

　表通りに目をやると、すでに薄闇が這い始めていた。もう何人の客が出入りをしただろうか。相州屋の帳場に、明かりが灯った。

「もうそんな刻限でしたか」

　一日相州屋で過ごした正吉は、そう呟いた。

「いかがでしたか」

　近くにいた貞之助が問いかけてきた。

「学ぶことが、たくさんありました」

　世辞ではなく言った。こちらは雑穀商いでは素人だ。どんな問いかけにも、面倒がらず答えてもらえたのはありがたかった。

「ついつい、長居をしてしまいました」

「いやいや、お役に立てたのならば何よりです」

貞之助は、最初から最後まで婿入りの話は一切しなかった。そのあたりは、実に見事だ。

引き上げるつもりで、正吉は惣右衛門と貞之助に挨拶をした。感謝の気持ちでいっぱいだった。

「またお出でなさい」

惣右衛門は言った。好意のある眼差しだ。

そこへ台所働きの中年の女中が、案じ顔で帳場へ姿を見せた。

「出かけたお澄さんが、まだ戻ってこないのですが」

「黙って出かけたのかね」

貞之助が応じた。小僧が店の戸を閉め始めていた。

「いえ。ももんじ屋へ行くと言って、出て行きました」

女中が行くと話したが、自分で行くと答えたそうな。もう半刻近くになる。とっくに帰ってきていい刻限だった。

「誰かと会って、話し込んでいるのではないか」

娘ならば、ありそうだ。

「そんなことはないと思います。旦那さんに、これから鳥肉の雑炊を拵えると話していました」

惣右衛門は、暮れ六つをやや過ぎた頃には夕食を済ませ、遅くとも五つには寝てしまう。雑炊を拵えるならば、とっくに帰っていなければならないと女中は告げた。

「では、ももんじ屋まで様子を見に行かせよう」

貞之助は小僧を呼んで、ももんじ屋まで走らせることにした。

「私も、一緒に行きます」

話を聞いた以上、捨て置くわけにはいかない。まずは小僧と共に、正吉はももんじ屋まで急いだ。

増上寺方面の、宇田川橋に沿った新銭座町だとか。南北を武家地に囲まれて、人気の少ない通りにももんじ屋はあった。

「ええ、お見えになりました。鳥肉を買っていきました」

若い女房が答えた。すぐに引き上げて行ったとか。

正吉は、提灯で道を照らしながら歩いた。途中の路地にも目をやった。

「おおっ」

広い通りへ出るにはまだ間のあるところで、正吉は竹皮に包まれた鳥肉が落ちているのを発見した。ももんじ屋へ戻って、女房に確かめた。

「ええ、この品でした」

お澄が買ったものと分かった。それで何者かにここで攫われたとはっきりした。手に入れたばかりの鳥肉を落として、そのままにするわけがない。

相州屋へ駆け戻り、事情を伝えた。

「まさか」

惣右衛門は体を震わせた。たった一人の愛娘だ。

大黒屋と嶋津にも小僧を走らせ、正吉は周辺の聞き込みをした。貞之助は、土地の岡っ引きに知らせた。

すべての奉公人で、まず新銭座町から捜した。暗い路地でも、一つ一つ提灯の明かりで照らした。

もともと人通りの少ない場所だった。

お澄は黙ってついて行くわけはないから、なにかしらの悶着はあったはずだが、その目撃者はなかなか見つからない。

「そういえば、辻駕籠が町から出て行くのを見かけましたよ」

と口にした住民がいた。たまたま通りかかった。刻限を訊くと、お澄がももんじ屋を出てから四半刻ほど過ぎた頃のことだった。

ただそれだけのことだが、お澄が乗せられていたとも考えられる。駕籠を頼んだと告げる者はいなかった。

新銭座町で聞き込みをした後は、表通りにも出た。町木戸の番人にも訊いた。

「人の行き来はいつもと同じで、変わったことなんてありませんでしたよ」

辻駕籠は、何丁も通った。けれどもそれが、お澄を乗せた駕籠かどうかは分からない。お澄の行方を伝える手掛かりは、得られなかった。

「金目当てならば、何か言ってくるはずだ」

相州屋へ戻ると、角次郎と嶋津が顔を見せていた。

「厄介なことになったな」

やって来た早々、嶋津は惣右衛門に、お澄を攫いそうな者はいるかと尋ねたとか。

しかし思い当たることはないと答えられたそうな。

商いをする以上、小さな悶着はあるが、それで娘を攫うとは考えられない。商いではない部分でも、恨まれる覚えはないと告げた。

「何か言ってきましたか」

「いや、まだだ」

嶋津も、それを待っている様子だった。言ってくるならばそろそろだ。正吉は捜し回った状況を伝えた。

「店からつけたのであろう」

「初めから、お澄さんを攫おうと企んでのことだな」

角次郎と嶋津が言った。攫った者が何人かは不明だ。

「まあ二人以上だろう」

という見込みだ。気絶させたにしても、一人では連れ去るのがたいへんだ。人目にもつきやすい。

「見張っている者は、いなかったのか」

「表の通りは人が多く、おかしな者も通りますので」

探る者がいても、気づきにくいと、正吉は伝えた。

ともあれ賊が、何か言ってくるのを待つしかなかった。土地の岡っ引きには、新銭座町を一軒一軒廻らせる。

ただ正吉としては、待っているのはじれったい気がした。営利ではなく、何か危害を与えられたり、売り飛ばされたりしたらとんでもない話だ。

待つのは嶋津らに任せて、小僧らと共に、再び表通りへ出た。

辻駕籠も含めて、娘を連れた不審な者を見かけなかったかと聞いて廻った。まだ何度も会ったことのない相手だが、酷い目に遭わされるのは不憫だ。

明かりを灯している居酒屋へ飛びこんで、声を上げた。

「十七、八の娘を乗せた駕籠を、見かけませんでしたか」

「何だい。あんたのこれが、攫われたのかい」

飲んでいた男たちは顔を向けた。小指を立てた者がいたが、見たと告げる者はいなかった。

聞き込む幅を広げてあれこれ聞き込むが、なかなか手掛かりを得られない。

二

お澄が意識を取り戻したのは、縄で縛られた体が何度も揺れたからだ。ももんじ屋からの帰り道で襲われたことを思い出して、背筋が震えた。

「どこへ運ばれるのか」

体の揺れと吹き抜ける風の冷たさが、怖れを煽ってきた。縛られただけでなく、口には手拭いで猿轡を嚙まされていた。身動きもできない。駕籠に乗せられているのだけは分かった。

声を上げたいが、それができない。

駕籠が、人気のない場所に出たのが分かった。腐った魚のにおいがして潮騒の音が耳に入った。

しばらく進んで駕籠が停まり、垂れが上げられた。周り中が闇だが、空には丸い月が上がっていた。

町明かりは遠い。海に近い網干場だと察せられた。

ここで提灯に火が灯された。顔を隠した二人の破落戸ごろつきふうがいて、これが駕籠を荷になってきたらしかった。顔を、布で覆っていた。

「歩け」

乱暴に肩を押された。提灯の淡い明かりを頼りに、干された網の間を歩かされた。足元が暗いので、度々転びそうになった。

行った先は、漁具を入れておく小屋らしかった。他に人気はない。小屋に入れられ、戸が閉められた。どこからか、冷たいすきま風が入り込んでくる。提灯が、そのまま置かれた。

「姉ちゃん、愛らしい面つらをしているじゃねえか」

「まったくだ、たまらねえ」

顔を近づけられ、顎(あご)を掴(つか)まれた。汗でべたつく指で、吐き気がするほど気持ちが悪かった。猿轡で、叫び声も上げられない。

尻(しり)も触られた。穢(けが)されたような気がした。こんな塵(ごみ)のようなやつに。

これからのことを思うと、怒りと怖れしか湧いてこない。

「誰か助けて」

胸の内で祈った。

「こいつの親に、千両出させるか」

「おもしれえ。何しろ大店(おおだな)の娘だからな。ひっひ」

おぞましいことを話している。ただいきなり飛び掛かってくるわけではなかった。

けれどもそれも、気味が悪い。

破落戸の一人が小屋から出て、しばらくして戻ってきた。

「姉ちゃん」

そしてまた側に寄ってきた。肩を掴まれ、強い力で引き寄せられた。顔が触れ合うほどに近づいた。そのときだ。

「きさまら」

いきなり戸を蹴破って、男が飛び込んできた。気合いの入った声だった。

誰かと思って目をやると、浩吉だった。すでに身構えている。端整な顔が、怒りに歪んでいた。どうやってここに辿り着いたかは知るよしもないが、助けに来てくれたのだとは分かった。

「何だ、このやろ」

破落戸の一人が躍りかかった。浩吉は一人で、相手は二人だ。お澄は心の臓が痛くなった。

生きた心地がしなかった。

浩吉は、突き出された拳を手の甲で撥ね上げた。相手の体が、それでぐらついた。浩吉は動きを止めない。次の瞬間には、相手の頰を張っていた。小屋の中に、乾いた高い音が響いた。

しかしそのときには、もう一人の破落戸が殴りかかっている。その一撃は、浩吉の頰に当たった。

浩吉は体をぐらつかせたが、足を踏ん張った。顔を歪めて向き直った。

「このやろ」

相手が次の攻撃をする前に、腹に蹴りを入れていた。まるで相手の、次の動きが分かっているかのようだった。

「ううっ」

一撃は、破落戸の下腹に入ったようだ。顔が苦痛で歪み、体が前のめりになった。

「やっ」

浩吉がその尻を蹴ると、破落戸はもんどりを打って倒れた。体が壁に当たって、建物が軋んだ。

「さあ」

ここで浩吉は、お澄を小屋から連れ出した。猿轡と縄を解いてくれた。

「ここから離れよう」

「はい」

手を引かれて、網干場から離れた。今にも、破落戸たちが追いかけてきそうな気がした。

町明かりのある方向に、お澄は浩吉と走った。

人通りのある広い道に出ると、安堵が全身を覆った。

「ああ」

浩吉は逞しい。握られている手を、握り返した。

夜五つ近くになると、表通りを行き来する人の姿も減ってきた。聞き込みに出ていた正吉らも、相州屋へ戻った。

「もう、どうにもなりません」

無念の顔だった。

角次郎は嶋津と共に、まんじりともしない気持ちで、お澄を攫った者からの連絡を待っていた。

「金目当てならば、必ず何か言ってくるぞ」

「百両までならば、すぐにでもどうにかなります」

惣右衛門が、蒼ざめた顔で言った。金子については、さすがに大店だった。いきなりの変事で体に変調が出ているかもしれないが、それを面には見せなかった。

小僧たちは、身じろぎもしないで土間に突っ立っている。

そこへ店の戸を強く叩く音が響いた。惣右衛門が、びくりと体を震わせた。弾かれたように、嶋津が潜り戸の傍へ駆け寄った。

「誰だ」

「丹波屋の浩吉です」

返答があった。貞之助が知り合いだというので、潜り戸を開けた。すると飛び込んできたのは、お澄だった。

「おとっつぁん」

お澄は父親にしがみついて泣いた。顔を胸にこすりつけて、激しい泣き方だった。今までの恐怖のすべてを、吐き出しているかに見えた。

「まずはよかった」

惣右衛門が、板の間に尻を落として座り込んだ。一同は胸を撫(な)で下ろした。しばらくは声も出せず、その様子を目にしていた。

嶋津が、泣き止んだお澄から、ももんじ屋を出たところから浩吉に救い出されるまでの顛末(てんまつ)を訊(き)いた。救い出される部分では、浩吉を讃(たた)える口ぶりになっていた。

「そうか、賊は二人組か」

これは明らかだが、顔に布を巻いていたので、面相や歳は分からない。お澄には、獣(けだもの)にしか見えなかった。

「金を奪おうとする様子は、なかったのか」

「そういう話はしていました。千両がどうとか」

やり取りの模様を、お澄は話した。ぞっとして聞いていたのだ。その後浩吉からも、嶋津は話を聞いた。

「たまたま相州屋さんの前を通りかかったところ、小僧さんが慌てた様子で出てきました。それで尋ねました」

「お澄さんが、帰らないと聞いたわけだな」

「そういうことで」

小僧に事情を訊いた。小僧は知らない相手ではないので、ももんじ屋へ行った件を話したようだ。

「捨て置けませんので、私も捜すことにしました」

まず向かったのは、ももんじ屋だった。正吉とは、入れ違いだったようだ。

お澄が買い物をしたことを確かめてから、さらに近所で問いかけをして辻駕籠(つじかご)のことを知った。

「それでお澄さんを攫ったのなら、目立つ表通りは行かないと考えました」

裏通りで出会った人に声かけると、駕籠が入間川(いりあいがわ)の河口の網干場付近に向かったと分かった。

正吉は、表通りを訊き歩いて捜せなかった。

「網干場付近には、建物はいくつもありません。壁の隙間から中を覗(のぞ)いて、お澄さんや男がいることを確かめました」

「破落戸が二人いて、よく一人で飛び込んだな」

嶋津が問いかけた。浩吉は、屈強というほどの体つきではない。普通なら誰かに、助勢を求めるのではないかと言い足した。

「それは」

浩吉は困った顔をしたが続けた。

「夢中でした。このまま助っ人を求めにここを離れたら、その間にお澄さんは、どこかに連れて行かれてしまうのではないかと考えました」

怒りも大きかった。気がついたときには、飛び込んでいたのだとか。今になって思い出すと、怖ろしいことをしたと付け足した。

「ともあれ、助け出すことができて何よりだ」

嶋津がねぎらった。

三

角次郎と嶋津、それに正吉は、浩吉の案内で海沿いの網干場へ行った。海鳴りが、遠くから聞こえてきた。

網干場は闇の中で、すでに小屋に人影はなかった。龕灯で建物の中を照らした。遺留物を探したが、見当たらなかった。

古い船具や網などがあるばかりだった。

一番近い民家で小屋の持ち主を聞いて訪ねた。周囲はすでに真っ暗で、すでに寝ている様子だった。嶋津が戸を叩いて起こした。

「何だ」

寝ているところを起こされた漁師は不機嫌そうだった。嶋津は十手をかざしてから、小屋が人攫いの犯行に使われたことを伝えて問いかけをした。

「そんなことがあったんですかい」

中年の漁師は、魂消た様子だった。自分の小屋がそんなふうに使われたなど、気づきもしなかったと話した。

すっかり目が覚め、戸惑う気配もあった。

「まったく知らねえことです。夕方には漁から戻ってきて、酒を飲んでいました」

駕籠には気付かなかった。住まいは小屋から、やや離れていた。

女房もいて、その知り合いが暮れ六つ頃に訪ねてきたと告げた。知り合いは漁師の顔を見ているというから、犯行には関わってはいないことになる。

「小屋へは、昨日今日は出入りしていませんでした」

漁師はそう告げたが、使っていないわけではなかったとか。日によって、漁具の出し入れをしていた。

「賊は、長く小屋にいるつもりはなかったのだろうな」

「いつ漁師が来るか、分からないわけだからな」

角次郎と嶋津は話した。ただ人気のない網干場を知っている。この辺りに土地勘がある者だろうとは、見当がついた。

小屋周辺の網干場での聞き込みは、人家もなくて難しい。この段階で浩吉とは別れ、角次郎は嶋津と正吉の三人で芝から離れることにした。

帰り道、三人で話をした。

「二人の破落戸は、何のためにお澄さんを攫ったのでしょうか」

「うむ。おれも気になっていたところだ」

正吉の問いかけに、嶋津が応じた。

「お澄さんの話を聞く限り金のことも出たようだが、初めからそうと決めて攫ったのではなさそうな気がするぞ」

角次郎が続けた。二人の破落戸は、そういう用意をしていたように感じない。殺そうとしたわけでもなかった。

あいまいな印象だ。動きが窺えない。

「ただ出てくるのを待って攫ったのは間違いないぞ」

「駕籠の手当てもしていますね」

正吉が言った。準備は周到だ。網干場の小屋も、初めから目をつけていたと察せられた。駕籠を担ったのは破落戸たちに間違いない。

お澄の誘拐には、腑に落ちないことが多かった。

「そうなるといったい何のために、破落戸はお澄さんを攫ったのか」

これが分からない。

「人攫いは重罪だ」

嶋津が続けた。

「その二人だけではなく、他に指図をした者がいたのではないか」

これは角次郎が思いついたことだ。

「それはありそうだな」

嶋津が返した。攫ってから、破落戸たちはお澄にいたずらもしていない。尻に手を触れた程度である。

「明日は、念入りに調べてみよう」

嶋津が言った。


翌日嶋津は、芝界隈に出た。芝は町廻りの受け持ち区域ではないが、この件は探るつもりだった。

この日は藪入りだ。多くの表通りの店は、戸を閉じている。手代以下の奉公人は、実家へ帰るなり盛り場へ出て楽しむなりして過ごした。

小僧は新しい仕着せを身につけて、主人から持たされた親への土産の品を大切に抱えている。そして知り合いの小僧たちと、興奮気味に話をしていた。懐には、主人から貰った小遣いが入っているはずだった。

それらを狙う団子売りや飴売りが、呼び声を上げていた。

とはいえどこの盛り場にも、破落戸が少なからずくすぶっている。銭を稼ぐ手立てではないかと、目を凝らしていた。

そういう連中から、昨夜のお澄を攫った二人を捜し出すのは至難の業だ。問いかけても、まともな答えをしない。

芝に住まう者はもちろん、他からやって来たとも考えられた。そこで嶋津が当たったのは、駕籠の出どころである。

「破落戸は、どこで調達したのか」

時間的に考えて、遠いところからではない。聞き込んだ限りでは、お澄がももんじ屋を出た刻限と、辻駕籠(つじかご)を目にした刻限の間は、せいぜい四半刻(しはんとき)だ。初めからももんじ屋へ行くと知っていたわけではないから、駕籠の手配はお澄を気絶させた後と考えるべきだった。

そこで駕籠舁(か)きの親方のところへ行った。店の前には空駕籠が並んでいて、何人かの駕籠舁きがたむろしていた。

藪入りの日では、駕籠を求める者は少ないかもしれなかった。

「昨夕以降、駕籠を一丁貸し出していないか」

見も知らない者には、貸さないだろう。居合わせた番頭に問いかけた。そこから借りた者を割り出す腹だ。

「うちでは、貸していませんね」

番頭は即答した。昨日のことだから、忘れるわけがない。

界隈にはもう一軒あるので、そちらへ行った。倉造(くらぞう)という親方だ。前よりも、抱えている駕籠の数は多そうだ。

「ああ、貸しましたよ」

「誰にだ」

「さあ、たいしたやつではないと思いますが」

「知らない者に、貸すのか」

少々魂消た。得体の知れない者に貸して、商売道具を持って行かれたら、損失は大きいだろう。

「貸すときに、その代だけでなく一両を預かりました」

駕籠を戻したところで、預かっていた一両を返すという段取りだ。それならば、損失はない。

「返してきたのか」

「へえ、夜遅くなってからですが」

返しに来たのは、借りた破落戸ふうの二人だった。歳は、二十代前半だったとか。顔も覚えているそうな。

「この近くの者か」

「見かけない顔でしたね」

そうなると、捜しにくい。ただ二人は、一両を用意していた。町の破落戸にしたら、大金だろう。

「そんな金を、どうして持っていたのか」

気になったから、呟きになって出た。よほどのことでなければ、そのようなことはしないだろう。

背後に金を出した者がいるのではないかと、察せられた。破落戸は界隈の者ではなさそうだから、網干場の小屋など、土地勘がある者が一緒でなくては段取りよくは運ばなかったはずだ。

何であれ、駕籠から二人を割り出すことはできなかった。

念のため入間川周辺の町でも駕籠を中心に聞き込みをし、さらに芝口二丁目でも話を聞いた。

「相州屋を探る、破落戸ふう二人を見かけなかったか」

七、八人ほど聞いて、ようやくそれらしい者を見たという者が現れた。

「相州屋さんを覗いていたのは、間違いありません。ただ大店の中を覗くくらいは、誰でもします。おかしいとは思いませんでした」

昨日の話だが、それだけのことだ。

嶋津は改めて、相州屋の敷居を跨いだ。

「今日になって、新たに思い出したことはないか」

お澄に尋ねた。動揺がすっかり消えたわけではないだろうが、見る限りでは常の状態にもどっている気配だった。

「そうですねえ」

しばらく首を傾げたが、新たな何かを思い出すことはできなかった。

「では、これまで誰かに襲われるような出来事はなかったか」

「ありません」

これは即答だった。自分でも、振り返って考えていたのかもしれなかった。

帰ろうとしたとき、浩吉が訪ねてきた。嶋津と話していたお澄が、目を向けた。一瞬だが、その顔に喜びが浮かんだ。

「その後何もないか、気になりましてね」

浩吉は、丁寧に頭を下げた。

嶋津はそれを機に、相州屋を出た。一日歩いたが、二人の破落戸ふうには辿り着かなかった。

四

藪入りの日だから、この日は大黒屋も休みだった。正吉の実家は湯島で、他の奉公人と同様、朝のうちに出掛けて行った。角次郎は、お万季と共に奉公人たちを見送った。

お万季はこの日のために、すべての手代と小僧の新しい仕着せを三月も前から用意していた。晴れ晴れとした気持ちで、実家に帰らせたかった。もちろん針仕事は、お波津も手伝った。

閑散としている昼四つ頃、大黒屋へ蔦次郎がやって来た。

「汁粉でも食べませんか」

丁度お波津は、帳場にいて商い帖を眺めていた。戸川屋も藪入りで休みだ。それでやって来たらしかった。

角次郎はたまたま廊下にいて、その様子を目にしていた。

お波津は、迷う様子を見せた。婿候補の蔦次郎とだけ近づくのを躊躇ったと、角次郎は受け取った。とはいえ前にも、二人だけで出かけたことがあった。

「行ってくれば」

店の土間にいたお万季が勧めた。

「それじゃあ」

二人は出かけて行った。お波津は嫌ではなさそうだったが、嬉しいといった様子でもなかった。

「あの子も、決められないのでしょうねえ」

お万季がため息を吐いた。婿選びの話だ。

人は百人いれば百人、持っているものが違う。それぞれによさと、足りないところがある。それは角次郎もお万季も受け入れるつもりだった。お波津にしても、同じ気持ちに違いない。

そしてしばらくしてから、札差の井筒屋総左衛門が姿を現した。

「藪入りの日は、店が静かですな」

角次郎と向かい合って座ると、総左衛門は言った。札差は、二月に切米がある。その準備の話をした。切米は、札差にとっては大事な仕事だ。それから、総左衛門は切り出した。

「ちと厄介なことが、出来しましてな」

ため息を吐いた。

「何でしょう」

わざわざ出向いて来たのだから、それなりの出来事があったのだと察せられた。

「正吉についてなのですがね」

「厄介なことが、ありましたか」

婿の話ではないと気がついた。角次郎は、次の言葉を待った。

「まあ」

総左衛門は、険しい表情になった。

「実は昨年二月の切米の折に、うちでは公にできない不祥事がありました。角次郎さんにだからお話しするのですがね」

およそ一年前の出来事だ。蒸し返したくない話だろう。蔵前の同業でも、変事があったとは聞いていなかった。

「…………」

返答のしようがないので黙っていると、総左衛門は続けた。

「換金した禄米の残りを、ご直参に届けます」

「ご直参の自家用の米ですね。その日は、早朝から日暮れまで店は荷運びの人足たちで、ごった返しますね」

井筒屋や羽黒屋だけでなく、札差はどこでも同じだ。荷を届けて戻った荷車は、間を置かず新たな荷を積んで出かける。

戦場のような一日が過ぎてほっとした折、井筒屋では四俵の米が不明になっていることが分かった。最後に数を検(あらた)めた番頭が、知らせてきたのである。

常にない大量の米を扱うから、倉庫をいくつか借りていた。そちらも検め直したが、商い帖にある残りの数が、実数に合わない。

札差としての仕事は滞りなく済み、表向きには信用を落とさずに済んだ。しかし店としては、そのままには済ませられない話だった。

「その日の倉庫の荷送り担当は、手代の作次(さくじ)という者と正吉でした」

まずこの二人が不正に処分したのではないかと疑われた。作次は井筒屋に長く奉公した三十二歳になる手代で、そろそろ番頭にという声も上がっていた。

現場は作次が主になって、正吉が補佐につくという形だった。しかし倉庫は一日中ごった返していたわけだから、はっきりしたことは分からなかった。

その日だけでは状況を摑(つか)めず、翌日以降も調べを行った。その過程で、作次には賭場(とば)に借金があり、切米直後に返済されていることが分かった。

「その金子は、どこで調えたのか」

当然総左衛門は問いかけた。

「私には、賭場の借金なぞありません」

博奕は御法度だ。作次は賭場へ行ったことさえ、認めなかった。だが賭場に出入りしていたことを認める者が複数現れた。そうなると作次が否定しようと、どうにもならなくなった。

「消えた四俵をどこに売ったのか」

これについても問い質したが、口を割らなかった。

「しぶといやつめ」

売った先については、正直に言えない事情があったと思われた。

「どうせ地回りか何かでしょう」

「そうなると、作次は店においておけませんね」

「はい。店を辞めさせました」

総左衛門は言った。

「仕方がないでしょうな」

「店としては罪人を出したくないので、町奉行所には届けを出しませんでした」

公にすれば、店は何をしていたのかという話になる。それでは米を預かる札差としての信用にかかわる。

また作次は博奕には嵌(はま)ったが、奉公の部分ではそれなりの働きをしていた。総左衛門は温情で、町奉行所へは届けないことにした。

とはいえそれで、作次はすべてを失った。身一つで、長年奉公した井筒屋を出されたのである。

「店を出た後、作次がどこでどう過ごしていたかは分かりませんが、昨日になって店に投げ文がありました」

「その四俵の件ですね」

「はい。横流しをしたのは、正吉だと言ってきたのです」

「何を今さら」

腹立たしい話だ。

「まったくです」

「投げ文が作次からだと、どうして分かったのですか」

「作次の署名がありました。筆跡も間違いありません」

今さらどうしていようと、知ったことではなかった。ところが投げ文という形でいきなり姿を見せて、思いがけないことを言いだした。

「まさか。正吉がやった証拠でもあったのですか」

「文には、書いてありました」

「何とありましたか」

「正吉の実家では、同じ頃に米三俵をいつもとは違うところから仕入れていたのだそうで」

　実家は湯島四丁目の舂米屋(つきごめや)丸茂屋(まるもや)だ。

「それが問題になりますか」

「安く仕入れたようです」

「井筒屋さんの米だったわけですか」

「投げ文には、そう書いてありました」

「では、三俵を仕入れた相手を当たれば済む話でしょう」

　角次郎には、まだ何が問題なのか分からない。

「そうなのですが、その相手は今はいません」

「いないとは」

「三俵を丸茂屋へ卸して間もなく、夜逃げをしたそうです」

「それは」

事態が少し飲み込めた。卸した相手は、湯島横町の牛久屋という問屋だそうな。総左衛門はすぐに牛久屋を捜したが、居場所を知る者は近所の者や親しかったものの中にはいなかったとか。

米問屋といっても、角次郎は初めて屋号を耳にした。小さくやっていたところと察せられた。

「前から借金があって、その返済ができなくなっての夜逃げでしょう」

総左衛門は不快そうな顔になって言った。

「三俵は、返済に当てなくてはならない品だったわけですね」

「ええ。逃げる路銀のために、手放したのでしょう」

丸茂屋で仕入れをしたのは、正吉の弟文吉だとか。それは本人が認めていた。

「文吉は、そういういわれのある米だと、知っていて買ったのでしょうか」

「知らなかったと話しています」

総左衛門は、そこまで当たった上で、角次郎を訪ねてきていた。

「知っていて安く仕入れたのたならば、商人としての道に外れますね」

「そうなります」

総左衛門が問題にしているのは、その部分だ。

「正吉が、切米のどさくさまぎれに回した米とも考えられます」

夜逃げをした米問屋から仕入れたという話が、事実ではないとした場合だ。姿を消している以上、確かめようがなかった。

「文吉とは何度も会っていますが、阿漕(あこぎ)な真似をする者とは思えません」

総左衛門はきっぱりと言った。正吉にしても同様で、それは角次郎も分かっている。

「しかし状況が、重なるわけですね」

「そうです」

「作次の悪あがきのように感じますが」

角次郎は思ったことを口にした。

「私もそうだと思いますが、疑いが晴れたわけではありません」

総左衛門は険しい顔で言った。不明の四俵について、作次は犯行を認めてはいなかった。

状況からして作次の犯行としか考えられないが、博奕の借金を返済した金を、どこから入手したかも言わなかった。

結局本人が認めなくても、米を横流しした者とされた。

「私の判断でした」

「その場面では、間違っていませんよ」

「そうかもしれませんが、はっきりさせなくてはならないでしょう」

作次は何かの企みがあって、投げ文をしてきたと考えなくてはならない。店の信用にかかわる芽が出てきたら、早いうちに摘み取る腹だ。

「いったい狙いは何でしょう」

投げ文には、まだそこまで書かれていなかった。

「そこでですが、正吉の婿入りの件です。このままでは進められません。とりあえずは辞退いたしたく伺いました」

総左衛門は頭を下げた。疑惑がある者を、婿には薦められないという話だ。返答の期日を迫るどころではなくなった。

「なるほど」

角次郎としては、受け入れざるを得なかった。

「どうなるのでしょうねえ」

話を聞いていたお万季が、ため息交じりに言った。

五

それから半刻(はんとき)ほどして、蔦次郎と汁粉を食べたお波津が店に帰ってきた。二人でどのようなときを過ごしてきたかは分からない。お波津は何も言わなかった。角次郎もお万季も尋ねなかった。

ただ角次郎はお波津に、井筒屋総左衛門が尋ねてきたことと、交わした会話について伝えた。耳に入れておかなくてはならない。

「分かりました」

表情を変えずに、お波津は返事をした。聞いたからといって、何かを言ったわけではなかった。

あっさりしているようにも感じるし、何か考えがあるようにも察せられた。自分の娘でも、その思いは分からない。

お波津はそのまま、自分の部屋へ入ってしまった。

夕方になって、里帰りしていた奉公人たちが店に戻ってきた。

「ありがとうございました。おとっつぁんとおっかさんが、くれぐれもよろしくと話していました」

　小僧が両手をついて、頭を下げた。

「甘えられて、よかったねえ」

　お万季が声をかけた。

　そして正吉も帰ってきた。角次郎はすぐに、人のいない小部屋へ呼んだ。

「実家の方々は、達者だったかね」

「お陰様で」

　変わったことはないという返事だ。昨日か一昨日（おととい）、総左衛門は訪ねているはずだが、文吉が仕入れた米三俵の話は出なかったらしい。久しぶりに帰ってきた正吉に、余計なことは話さなかったということか。

「今日、井筒屋の総左衛門さんが見えた」

　正吉はそれで、顔をわずかに強張（こわば）らせた。角次郎の口ぶりから、よい話ではないと察したのかもしれない。

「二月の切米の折に、井筒屋では四俵の米がなくなるという出来事があった。覚えているな」

「はい。手代だった作次さんの仕業だという話になりました」

自分も初めは疑われたと付け加えた。およそ一年前の出来事を思い出す表情になっていた。

「ところがその四俵を奪ったのは、正吉だという投げ文が井筒屋にあったそうだ」

投げ文には、作次の署名があったことに触れる。

「今になってですか」

「そうだ」

正吉はそれで息を呑んだ。ただ取り乱したわけではなかった。慌てたわけでもない。居ずまいを正して問いかけてきた。

「その投げ文には、私が奪ったという証になることが書かれていたのですか」

関わりのない話ならば、面白くないのは明らかだ。

「実家の丸茂屋へ流したのではないかと書かれていたとか」

角次郎は、総左衛門から聞いた話をすべて伝えた。

「弟の文吉が三俵を仕入れたのは間違いありません」

表情を変えずに聞いた後で、正吉は言った。市価よりも安い値だったことも認めた。その上で続けた。

「文吉は、牛久屋が夜逃げをするほど追い詰められているとは知りませんでした」

「うむ」

「知っていれば、金を貸した者が得るべき米ですから、手を出しません」

毅然とした口ぶりだった。

「まあそうだろう。牛久屋が何も伝えなかったのならば、丸茂屋がした取引自体は不法とはいえない」

ただ牛久屋が姿を消している以上、改めて問い質すことはできなかった。

「作次は、その仕入れた三俵は牛久屋の品ではなく、井筒屋から消えた四俵の内のものだと告げている」

そうなると、米を奪ったのは正吉だという話になる。やっていないという確かな証拠もない。

当日は切米の自家米輸送で、倉庫は一日中ばたついていた。担当者である正吉が、弟を使って運び出したとしても不審には思われない。やって来た荷車に、米俵を積み込めばいいだけだ。

後になれば、人を使ったと疑う者もいるだろう。

正吉にはこれまで米を奪う動機がなかったとされていたが、これで実家に儲けさせるためという動機ができたことになる。

「ではおまえは、奪われた四俵について、まったく関わりがないわけだな」

「はい。一粒だって、勝手にはいたしません」

正吉の大黒屋での働きぶりを見る限り、その言葉は信じられる。しかしそれで総左衛門が口にした疑念が消えたわけではなかった。

正吉は、それで引き取らせた。

「作次なる元手代は、正吉さんに濡れ衣を着せようというのでしょうか」

「そうかもしれないが、なぜ急に、今になってそのようなことを言ってきたのか。気になるところだ」

お万季の問いに、角次郎は応じた。

「丸茂屋が牛久屋から仕入れた件を、今になって作次は知ったのかもしれませんね」

「それで一件を、正吉に擦り付けられると考えたわけか」

何かを求める次の投げ文があれば、作次の意図は見えてくるかもしれなかった。

翌日角次郎は、作次の行方を捜すことにした。まず井筒屋のある浅草天王町界隈へ行った。

すでに総左衛門は、作次の行方について調べたはずだから、表通りの者には訊かなかった。土地の地回りのところへ行って、作次について訊いた。

地回りの親分とはいっても、口入屋を表稼業にしていた。だから角次郎とは、知らない間ではなかった。

「私は知りませんがね」

そう言って、中年の子分を呼んだ。

「札差の家をしくじったやつですね。名を聞いたことがあります」

さらに若い子分を連れてきた。

「店を辞めさせられてから、すぐに界隈からはいなくなりました」

「それきり会っていないのか」

「いえ。つい最近、浅草寺門前界隈で見かけたことがあります」

土地の地回りふうと一緒だったとか。

「話はしなかったのだな」

「ええ、離れたところでしたから。でもあいつだったのは、間違いありやせん」

次に角次郎は、湯島の丸茂屋へ足を向けた。初めて目にする店舗だ。繁盛しているとは感じないが、堅い商いをしている店には見えた。

「大黒屋の角次郎です」

出てきたのは正吉に似た若旦那ふうだった。

「これはこれは、わざわざ」

自分から文吉だと名乗った。兄が世話になっていますと頭を下げた。話し声を聞いたらしく、両親も姿を現した。

奥の部屋に通された。

「昨日大黒屋へ、総左衛門さんがお見えになりましてね」

「さようで」

文吉は、総左衛門からも問いかけを受けているからか、どこかおどおどした様子になった。両親は困惑顔で、何も言えない。

「私が牛久屋さんから三俵を仕入れたのは、間違いありません」

隠す様子はなかった。これまで牛久屋からの仕入れはしていなかったが、主人とは米商いをする者同士で知り合いになった。三俵の仕入れについては、向こうから声をかけてきたのだと告げた。

「事情を知らずに仕入れたのは、私の迂闊でした」

文吉は言った。悔いている気配だ。

「兄は、困ったことになるのでしょうか」

正吉はお波津の婿になるかどうかについて、こちらから話したことはないが、総左衛門からは聞いているはずだった。正式に決まれば、お万季と共に改めて挨拶に来るつもりでいた。

「不法なことをしたわけではないが、疑念を持たれるのは商人としての信用にかかわるかもしれませんね」

「まことに」

文吉は肩を落とした。それでも、気持ちを奮い起こすようにして言葉を続けた。

「兄は、主家の米を横流しするような者ではありません。牛久屋さんがいないので、それを明らかにすることができないのが無念です」

縁談が壊れるかもしれないことを、怖れている様子だった。

六

札差羽黒屋の当初の主人は羽前屋の先代恒右衛門だったが、今は亡くなって、角次郎が主人で善太郎が補佐役といった役回りになっていた。

善太郎は、来月の切米の用意のために蔵前に足を向けるが、その通り道にある大黒屋へ顔を出した。正吉は、店先で配達に行く小僧に指図をしていた。てきぱきとよくやっていた。

藪入り(やぶいり)も終わって、町は常の姿に戻っている。

お波津は、百文買いの相手をしていた。腰の曲がった婆さんの話を聞いてやっていた。

角次郎は留守で、善太郎はお万季と話をした。

「昨日、井筒屋の総左衛門さんが見えてね」

正吉にまつわる話を聞いた。角次郎は井筒屋への投げ文の件をはっきりさせるために、丸茂屋へ出向いたとか。

「なるほど。投げ文の記述が事実だとなったら、正吉は婿選びの中から消えることになりますね」

米屋の奉公人が主家の米を奪った話になる。確認できないが、否定しがたい事実も出てきた。

「まあ、そうだけどねえ」

お万季は浮かない顔をしている。正吉はお波津の婿候補というだけでなく、相州屋からも婿に欲しいとの話が来ていた。

　確証はなくても、怪しいというだけで話は流れてしまう。

「丸茂屋の仕入れに不審があったからにしても、正吉に対する悪意がありそうな気がします」

　牛久屋のことが分かったからにしても、一年も過ぎた今頃になって言ってくるのは得心がいかない。また自分の無実を晴らしたいならば、訪ねて来て総左衛門に会って直に言うべきではないか。

「投げ文というのは、卑怯だと思います」

　受け取った方は問題を示されただけで、それについて問いかけることもできない状態だ。無視をしてもいいが、次の手が見えてこない。名乗った上での投げ文ならば、これだけで済ませるとは思えなかった。

「まったくです」

　お万季は応じた。だから角次郎は、丸茂屋まで出向いて行った。善太郎にしても、正吉が不憫な気がした。

　お波津の婿として、正吉の他に蔦次郎や寅之助の名が出ている。誰に決まろうと、それは受け入れるつもりだが、してもいない悪事を持ち出されて話が流れるのは不快な話だった。

「正吉は何と言っていますか」

「米を盗むなどないと」

「それはそうでしょう。外で小僧に指図する姿が見えましたが、投げ文のことなど気にしていない様子でしたね」

「ええ。後ろめたいことはない、ということでしょう」

毅然としているのはいいが、作次がさらにどう出てくるかによっては状況が変わる。婿どころか、さらに面倒なことになるかもしれなかった。

「お波津は、その件については、どう思っているのですか」

「話はしましたよ。でも何も言いません。相州屋さんからの話が出たときも、そうだったけど」

お波津は、添うつもりだった銀次郎と別れてから、自分の思いを前に出すことがなくなった。親が決めればそれでいいという態度だが、それも兄としては不憫に思えた。

自分の気持ちを、抑えているように感じるからだ。

ただ添ってしまえば、お波津は相手を大事にして、手を携えて生きてゆくのではないかとも見ていた。何があっても、お波津は置かれた状況で、精いっぱい生きていこうとする者だ。

大黒屋を出た善太郎は、羽黒屋での打ち合わせを済ませた。その後で、天王町の井筒屋へ足を向けた。

主人の総左衛門や番頭などとは、蔵前通りの同業として顔見知りだ。総左衛門は留守だったが、初老の番頭とは話ができた。

作次と正吉について、尋ねたのである。

「正吉は働き者です。いい商人になると思いますが、今はおかしな話が出てきてしまいました」

番頭は、困惑の表情をした。

「牛久屋が逃げてしまっている以上、濡れ衣の晴らしようがないわけですね」

「そうです。疑わしい点がなければ、作次が何を言ってこようと捨て置けばいい話なのですが」

「丸茂屋は正吉の実家で、四俵の紛失と時期が重なってしまった」

「そういうことです」

作次の言い分が事実である証拠はないが、問題はそれだけではない。番頭は厳しい表情になって続けた。

「奪われた米は四俵だけです。店にとっては大きな数字ではありませんが、信用ということを考えたらば、数の多い少ないではないかもしれません」

「米俵を、きっちりと扱っていないという話になるわけですね」

「ええ。作次やその仲間は、蔵前通りを触れ回るかもしれません」

なくなったのは事実だから厄介だ。そうなると正吉については、身の証を立てない限りは縁談を進めることはできないことになる。店で客の前に出すことも憚られる。

「潔白を明らかにしなくてはなりませんね」

番頭は、善太郎の言葉に頷いた。けれどもそれは難しい。総左衛門も番頭も分かっている。

半月やひと月で決着がつくとは思えなかった。

そうなるとお波津にしてもお澄にしても、それを待っていることはできない。戸川屋へ、しなくてはならない返事の期限は迫っていた。

噂を聞いた相州屋は、話をなかったことにするだろう。婿のなりてなど、大店ならばいくらでも現れる。

「作次は投げ文の他に、何か言ってきましたか」

「言ってはきませんが、うちの取引先のご直参のお屋敷の一つに、同じような投げ文をしました」

「店が知られたくない相手に、話を広げようとしているわけですね」

分からないが、他にも投げているかもしれない。

「はい」

困惑の顔になった。

「作次が四俵の米を奪って金に換え、それで賭場の借金を返したのは、間違いないのでしょうね」

「私たちは、そうだと見ました。借金は二両程度あったようです」

これは博奕仲間から聞いたもので、確かな数字ではない。ただもっともな額ではないかと見る者もいた。

「米を奪う以外に、作次はそれだけの金を作ることができますか」

「できないでしょうね。博奕で勝てば別ですが、それには少なくない種銭がなくてはなりません」

そんな銭はないだろうという判断だ。

「ならば四俵の米を、どこへ売ったかが問題になりますね」

牛久屋を捜せないならば、そこを当たるしか手立てはなさそうだ。

「もちろんそれについても、何度も訊きました。ですが作次は、話しませんでした」

一年前に問い質した折のことだ。

「自分が盗んだことになったあともですね」

「そうです。言えない事情が、あったのだと見ています」

番頭はため息を吐いた。

「売った相手に何か義理があるとか、漏らせば酷いことをされるとか、殺されるなどがあるということですね」

「盗んだ米と分かって買う者ですから、危ない相手だと思われます」

そうには違いないが、一年前にはっきりさせなかったから、こういうことになったと善太郎は感じる。ただ状況は、だいぶ分かった。

七

同じ日の昼下がり、相州屋惣右衛門は、お澄を伴って日本橋本材木町の丹波屋を訪ねていた。

「ごめんなさいまし」

お澄が攫われた折に、次男の浩吉に救われた。蝦夷産の昆布と極上の鰹節三本を礼の品として持参していた。

お澄が攫われたときには、心底怯えた。何を置いても奪い返したいと惣右衛門は願った。

そして思いがけなく、丹波屋の浩吉が奪い返してきた。

定町廻り同心や正吉が捜しながら、どうにもならないでいたところをである。安堵したのは間違いない。

ただ救い出したのが浩吉だというのには、意外な気持ちが大きかった。一人で破落戸二人から奪い返してきた。

そんな膂力や胆力がある者とは思っていなかった。

愛想を忘れない如才ない部分もあるが、それはどこか作り物のように感じていた。腹で何を考えているか分からないといったものだ。

今一つ心惹かれなかったのは、その部分だった。

丹波屋の商いも順調だという話だったが、真偽のほどは分からない。親しい同業から聞くと、芳しくないことを口にする者もいた。

「あそこは、大口の顧客をなくしたらしい」

それも相州屋の倅二人が、差配をした商いの中でのことだとか。商いが、傾き始めているという予感があった。

正吉の方が、はるかに商人としての資質があると踏んだ。だからこそ、大黒屋へ話を持って行った。調べもした上でである。

浩吉の婿入り話は、向こうから申し入れてきた。

気が進まない中で、その当人から助けられたのである。気持ちのどこかに、苦々しいものがあった。

お澄が、浩吉と会うことでそわそわしている。隠しているようだが分かった。それも気持ちを沈ませた。

とはいえ、礼の挨拶をしないわけにはいかなかった。

「わざわざお越しくださいまして」

惣右衛門とお澄が丹波屋の敷居を跨ぐと、主人の三郎兵衛と兄の藤太郎が帳場から飛び出してきた。奥の客間に通された。

「その折には、ご尽力をいただきました」

持参した品を差し出しながら、惣右衛門は頭を下げた。

「いやいや、当り前のことをしたまででございます」

三郎兵衛は慇懃な対応だ。

「お澄さまがご無事で、何よりでございます」

藤太郎が揉み手をして続けた。

「浩吉さんには、いくら感謝をしてもしきれない」

救い出してもらったことは、明らかだった。これは口にしなくてはならない。

「御多忙な中を、恐れ入ります」

三郎兵衛は笑みを絶やさぬまま、問いかけてきた。

「お体のお加減は」

持病のことは、知っているらしい。

「まあ、どうにか」

当たり障りのない返事をした。この件であれこれ言われるのは面白くない。お追従だと感じるからだ。

「浩吉も、お役に立てたことを喜んでおります」

藤太郎が口にした。浩吉の姿は、見かけない。商いで出かけていると言った。

「あの者は、よく働きます」

と三郎兵衛は褒めた。

「先が楽しみですな」

とりあえず、惣右衛門は返した。その程度は仕方がない。

「相州屋さんでも、お役に立てると存じます」

三郎兵衛は、さらりと口にした。お澄の婿候補として、名乗り出ている。

「押してきたな」

と惣右衛門は胸の内で呟いた。それについては聞き流した。救い出されたことと婿取りの話は別物だ。

少しばかり世間話をして、辞することにした。

「じきに浩吉も戻ります。いましばらく」

三郎兵衛は、もっとゆっくりしてほしいと告げた。惣右衛門にしてみれば、礼の挨拶さえしてしまえば丹波屋に用はなかった。

丹波屋を後にして、待たせていた辻駕籠に乗る。そのとき惣右衛門の体に手を添えたお澄が言った。

「浩吉さんが留守で、残念でしたね」

口ぶりからして、本気でそう思っているらしかった。事件があった翌日には、様子を見ると言って、浩吉は店へ顔を見せた。

お澄は嬉しそうだった。

危ないところを救ってくれた者だから当然といえば当然だが、惣右衛門としては気になった。近づかせたくないが、それに明確な理由があるわけではなかった。勘のようなものだ。

お澄は今日も、顔を見ることを期待している。婿として話を進めている正吉のことは、話題にもしなかった。

「えいほ、えいほ」

駕籠に揺られているだけで、胃の腑の痛みがじわりと広がった。目を閉じて、痛みが薄れるのを待った。

胃の腑の痛みは、波のように大きくなったり小さくなったりするが、まったく何も感じないで過ごせる日は少なかった。大店の主人という自負があるから、人前で弱音は吐けない。

自分の目が黒いうちに、お澄にちゃんとした婿をという気持ちがあるから、焦りが湧いた。

店に入ると、番頭の貞之助が出迎え結び文を差し出した。何か問題が起こっているときの顔だった。

「こんなものが、投げ込まれていました」

折りたたまれた紙を広げて、惣右衛門は書かれた文字に目をやった。大黒屋の正吉についての、不祥事を記したものだった。差出人の署名はなかった。

「どうしたものでしょう」

読み終えたところで、貞之助が言った。

「文の内容が事実かどうかは分からんな。正吉さんに対するただの嫌がらせならば、捨て置いてもかまわないのだが」

「はい。ただ界隈に広がると、面倒なことになりますね」

八

寅之助は帳場で商い帖に目をやりながら、算盤を弾いていた。すると羽黒屋へ出向いていた善太郎が帰ってきた。

「お帰りなさいまし」

まだ幼い娘のお珠を抱いたお稲が出てきて迎えた。善太郎は少しの間お珠の相手をしてから、子守りのお咲に預けた。

お咲はお珠を可愛がるから、よく懐いていた。

帳場に腰を下ろした善太郎はお稲に、井筒屋まで足を延ばし、番頭から聞いてきた話をした。寅之助が傍にいると承知で話を始めたのである。

聞かせるつもりだと受け取った。

「正吉さんの人柄や商いぶりを知らない人が訊いたら、怪しいと思うでしょうね」

聞き終えたお稲は言った。顔を曇らせている。

「うむ。正吉は動じない様子だが、はっきりさせておいた方がよいだろう」

「婿になるかならないかは別にして、正吉さんのためにもその方がよさそうですね」

噂の力は恐ろしいと、お稲は付け足した。

聞きながら寅之助も、その言葉に賛同した。このままいけば、正吉は婿の候補から外れてしまう。

悪意のある何者かが、正吉を追い詰めているのだと感じた。

自分も婿候補の一人だと気づいているが、こんな形で正吉が商人として日の当たる場にいられなくなるのは本意ではなかった。

正吉が不正なことをする者だとは、信じられない。

「いったい正吉を追い詰めようとしているのは、誰か」

胸の内で呟いて、寅之助は首を捻った。

そこでまず頭に浮かんだのは、蔦次郎の顔だった。大黒屋にふさわしい家柄の者と考えれば婿候補の筆頭となり、正吉が一番の競争相手となる。お波津と接することが少ない自分は、その次だろう。

けれどもすぐに、浮かんだ考えを打ち消した。

「あの人は、そういう卑怯なことはしない」

蔦次郎とは、何度も会っている。お波津の危機を救うために、正吉を含めた三人で命懸けのことをした。寅之助は、わずかな間でもそういうことを思い浮かべた自分を恥じた。

そしてこの件は、捨て置けないと思った。

顧客廻りのために店を出た寅之助は、京橋南紺屋町の戸川屋へ向かった。

「できることがないか、話してみよう」

正吉のためにも、はっきりさせたいという気持ちがあった。

寅之助は、京橋南紺屋町の戸川屋の前に立った。相変わらず人の出入りが多くて、活気のある店の様子だ。

「蔦次郎さんを呼んでもらえますか」

店先にいた小僧に頼んだ。

「やあ、どうしましたか」

待つほどもなく、蔦次郎は姿を現した。倉庫にいたらしい。寅之助がいきなり一人で訪ねてきたので、何事かと思った様子だ。

京橋川の土手に出て、正吉について分かっていることを伝えた。目の前を、俵物を積んだ荷船が通り過ぎた。

「それは」

話を聞いた蔦次郎は、驚きを隠さない。言葉に詰まった様子だった。相州屋のことも知らなかった。

「そんな話が、来ていたのですね」

「正吉さんは、乗り気ではないと聞きましたが」

ここで蔦次郎は、少しばかり迷うふうを見せてから口を開いた。

「実は、今月末までに、縁談の返事をいただけるようにと、おとっつぁんは大黒屋さんにお願いをしていました」

返答の期限について聞いた。

戸川屋にも蔦次郎にも、事情があることは分かる。ただこの件は初めて聞いたから、寅之助は自分が蚊帳（かや）の外にいたことを感じた。

知らないところで進んでいる話である。しかも期日は今月いっぱいとだいぶ迫っていた。

「何者かが、正吉さんの婿入り話を阻もうとしているようにも感じます」

寅之助が言うと、蔦次郎ははっとした表情になった。

「私は、そんなことはしていませんよ」

怒りの顔になった。

「もちろんです。あなたは、そういうことをする人ではない」

慌てて寅之助は返した。ほっとした様子の蔦次郎。

「いずれにしても、捨て置けませんね」

と返してよこした。蔦次郎も、正吉が切米のどさくさに紛れて米を奪うような者ではないと答えた。これで競争相手が一人減るとは、考えていない。

「ですから、私たちで何かできないかと考えてお邪魔をしました」

「そうでしたか」

　蔦次郎は、やや考えるふうを見せてから続けた。

「私も、できる限りで調べてみます」

　蔦次郎の方が、時間を好きに使える。大事なことが分かったら伝えると言われた。

　寅之助から話を聞いた蔦次郎は、早速店を出て、浅草天王町に足を向けた。もう井筒屋からは、善太郎があらかた話を聞いている。そこで周辺の商家や札差の手代あたりから、作次や正吉の話を聞いてみようと思った。

　といっても、いきなり問いかけて、正直に話してもらえるとは限らない。そこで羽黒屋の手代から、天王町の札差の手代を紹介してもらうことにした。

　羽黒屋へは、角次郎の好意で一度行ったことがあった。札差の商いの様子を、見せてもらったのだ。その折に知り合った手代がいた。

「おやすい御用ですよ」

　気持ちよく、承知をしてくれた。

　蔵前通りには、何軒もの札差が店を並べている。どれも重厚な建物ばかりだ。あらかたの店の前には、禄米(ろくまい)を担保にして金を借りようとする少なくない直参の姿が見られた。切米前の懐は、どこも厳しくなる。

井筒屋と同じ天王町にある滝嶋屋という札差へ行った。そこで二十歳前後の手代を紹介してもらった。

「作次は、確か川越の水呑の家の子で、十歳そこそこで奉公に出てきたはずだが」

何人もいる兄弟の何番目かで、実家とは疎遠になっていたとか。

「そうなると、江戸を出ても、実家は帰る場所ではなくなっていそうですね」

江戸に縁者はいないとか。

「好いた女子などは、ありませんでしたか」

「さあ、聞かないが」

女郎屋くらいは行ったかもしれないと付け足した。もちろん、どこの女郎屋かなどは分からない。

「今は、どこにいるのでしょうか」

「知らないねえ。知っている者は、探せばどこかにいるかも知れないが」

博奕好きというのは、手代仲間の内では、密かに知られていた。ただどこの賭場かまでは知らない。

「でも、あいつの姿を見かけた者はいたなあ」

「いつ、どこでですか」

「二月(ふたつき)ほど前で、蔵前通りだったとか」

作次が歩いているのを、見かけただけの話である。たとえ二か月前でも、そこから住まいを特定するのは難しそうだ。

蔦次郎は次に、正吉について聞く。

「あいつは、商いばっかりだね」

家を弟に譲るつもりなので、自分で身を立てる覚悟だと何かの折に話したことがあるとか。

「親や弟との仲は」

「悪く言うのを聞いたことはないが」

その手代から、もう一人町内の足袋屋の手代を紹介してもらった。

「正吉さんとは、私よりも親しくしていたねえ」

そこで足袋屋へ足を向けた。ここでは現れた手代に、お捻(ひね)りを渡した。

「作次さんは博奕にさえ嵌(はま)らなければ、今頃は番頭になっていたかもしれないのに。惜しい話ですよ」

作次についても、正吉についても、前の手代とほぼ同じような返答だった。

「正吉さんは弟のことを、可愛がっていたのでしょうね」

最後に尋ねた。

「そうですね。正吉さんは実家の店を弟に押し付けて、自分は勝手に店を出ると考えていたようです」

「押し付けたことが、負い目になっていたわけですね」

「店を譲るわけだから、負い目に思うことはないと話しましたがね」

「そこが、あの人らしいです」

「まあ」

「小さな舂米屋を継ぐよりも、大きな商いをしたいわけですね」

実家を大きくするという手もあるが、なかなかに難しい話だ。角次郎のようなわけにはいかない。

「家業を押し付けてしまう弟には、機会があったら手助けをしたいと話していました。弟思いの上に、後ろめたさもあったのかもしれません」

「罪滅ぼしですか」

機会があったら弟のために、一肌脱ぎたい。そういう気持ちがあったことになる。

蔦次郎は胸の内で考えた。

「二月の切米は、その機会になったのか」

さらに一人から、話を聞いた。

「ええ、弟を可愛がっていたのは確かです」

これは聞いた者のすべてから聞いた。

さらに蔦次郎は、湯島へも行って、丸茂屋の近所で話を聞いた。

「あそこはまずまずの商いをしていたと思いますよ。ただ一時値が上がって、文吉さんが困ったと話していたことがあります」

青物屋の女房の話だ。

「いつ頃のことですか」

「一年くらい前になるかねえ」

その頃、一時米の値が上がったことがあった。となると丸茂屋は、今年の初め商いはうまくいっていなかったことになる。

九

ふと気がつくと、西空が茜色(あかねいろ)に染まっていた。烏が数羽、鳴きながら夕日に向かって飛んで行った。

　蔦次郎は、大黒屋へ行ってお波津を呼び出した。店にはすでに、明かりが灯されていた。ちらと正吉の姿が見えたが、声はかけなかった。いつもと変わらない様子で、落ち込んでいる気配はなかった。

　とはいえ、何をどう話したものか迷った。とりあえずお波津の耳にだけ、入れておくことにした。

「井筒屋さんへ、正吉さんに関わる投げ文があったことは知っていますね」

「はい聞いています」

　お波津は表情を変えずに頷いた。そこで蔦次郎は、寅之助から耳にしたことと、自分が訊いて分かったことを伝えた。

「丸茂屋さんがたいへんなときだったら、正吉さんは助けたいと思ったでしょうね」

　話の最後に、そう付け足した。

　聞いたお波津は返した。

「ええ。あの人は仏頂面をしていることが多いですが、根は優しいところがあります。弟思いだというのは、頷けます」

それに関して、蔦次郎の気持ちの中に潜んでいることがあった。

「弟や実家を助けたいから、もしかしたら心の迷いが起こったかもしれない」

というものだった。その思いが、言葉になって出てしまった。

「やっていなければ、いいのですが」

本音ではあった。するとお波津の顔が、厳しいものになった。

「あの人に限って、万に一つもありませんよ」

強い言い方だった。

「そ、そうですね」

勢いに気圧されて、蔦次郎は慌てて返した。お波津は正吉を信じている。それは祝言を挙げるかどうかの相手としてではなく、人として商人として信じているということだと察せられた。

その部分について疑う発言をした自分を、責めたようにも感じた。毅然としている。

「叱られた」

蔦次郎は胸の内で呟いた。

認めたくないが、気持ちのさらに奥に、邪なものがあった。正吉が婿の候補から外れれば、自分が残ると考える部分だ。

それを見透かされた気がした。

「私には、正吉さんを疑う気持ちがありました。情けないです」

自分を責めるつもりで口にした。

「と思わせるように、仕組んだ何者かがいるのです。きっと」

お波津は責めているだけでもないと感じた。お波津の一つ一つの言葉に、自分は揺れている。どれももっともな言い分だ。

「自分には、まだまだ足りないところがある」

そこを補ってもらったようにも思えた。

「この人とならば、自分は大きくなれる」

と考えた。叱られても、不満には感じない。

「夜逃げをした牛久屋さんの行方は分からないのでしょうか」

お波津が言った。話を聞き出せれば、確かに大きい。

「そうですね。当たってみましょう」

蔦次郎は答えた。

翌日の正午前、蔦次郎は、牛久屋があった湯島横町に足を運んだ。まず町の自身番へ行った。

牛久屋の行方については、返済を受けられなかった者が手を尽くして捜した。けれども辿り着けず、そのままになった。蔦次郎にはその詳細が分からないので、聞けることは耳に入れておこうと考えた。

「一年前のことですがね、よく覚えていますよ」

初老の書役は言った。

主人は水戸街道牛久宿から出てきた者で、そちらにはいなかった。女房の里や縁者、知人などをくまなく当たったが、捜し出せなかった。主人には、九歳の男児と七歳の娘がいたとか。

「朝になっても店が開かないので確かめたら、夫婦と子ども二人の姿がなくなっていました」

蔦次郎は気合いを入れ、牛久屋の隣家へ行った。そこの女房に問いかけた。

「牛久屋さんの子どもがよく遊んでいたのは、どこの子でしょうか」

夫婦の動きはすでに当たっているので、子どもの付き合いから探ってみようと考えたのである。

「それならば上の男の子は、あそこの油屋の子とよく遊んでいたっけ」

店にはいなかったが、近くを探すと稲荷の境内で、六、七人の十歳くらいの男児たちが、遊んでいた。掛け声が聞こえて分かった。

「牛久屋の坊を覚えているかい」

「ああ、長吉だね」

「あいつ、急にいなくなった」

集まってきた子どもたちが言った。

「どこかへ行くと、話していなかったかね」

「それは、聞かないけど」

子どもたちは顔を見合わせた。

「おいら、いなくなる前の日に長吉と会った」

集まった中では、見たところ一番年下の子どもだった。青洟を垂らしている。

「何か言っていなかったかね」

「うん。かいどうへ行くんだって」

「かいどうってなんだよ」

聞いていた他の子どもが言った。

「さあ」

蔦次郎には「街道」だと察しがついた。遠くへ行ったと考えざるを得ない。下の子どもの遊び仲間にも訊いたが、「街道」以外の手掛かりは得られなかった。

同じ日の昼下がり、角次郎のもとへ相州屋の番頭貞之助が訪ねてきた。

「主人は、ちと体調がすぐれぬので」

大事を取って、代わりに自分が来たと話した。角次郎が商談用の部屋で相手をした。来意は、正吉に関する受け取った投げ文の内容についてだった。

「まことでございましょうや」

投げ文を真に受けてはいないが、確かめたいという話である。

「正吉さんに限ってないとは存じますが」

声を落としていた。正吉は店にいる。聞かれるのを憚る気配だった。

「投げられたのは、いつでしたか」

「十六日の、藪入りの日だと思います。気づいたのは次の日でしたが、藪入りの前日に店を閉める時にはなかったので」

昼八つにはなかった。表の戸は一つだけ開いていたと言い添えた。

「噂があるのは確かです」

角次郎は告げた。隠し事をするつもりはないから、分かっていることを正直に伝えた。その上で、

「投げ文には、確たる証拠はありません。私は正吉を信じています」

「おっしゃる通りです。ただ火のないところに煙は立たずとも申します」

入り婿の話は、はっきりするまでは保留にしてほしいと言われた。

「お澄さんが攫われたとき、正吉さんにも世話になりました」

そのことは忘れていないと言い足した。相州屋としては、筋を通している。

「分かりました。仕方がないでしょう」

角次郎は応じた。

十

小僧が米俵二つを積んだ荷車を、顧客のもとへ届けるために引いて行く。小名木川の河岸道には、他にも俵物を積んだ荷車が、車軸の軋み音を立てながら行き交っている。

　寅之助は小僧の後ろ姿に目をやりながら、しばらく前に訪ねて来て知らせてくれた蔦次郎の言葉を頭の中で反芻（はんすう）した。正吉の丸茂屋や弟との関係についてである。

「正吉は不正をやっていない」

　という結論だ。それは信じるとか信じないとか、そういう見方からではなかった。

「米四俵など小さい」

　という判断である。大きな商いをしたいと考えている正吉が、たかだか米四俵のために悪さをするなどありえない。万一にでもばれたら、将来を潰（つぶ）してしまう。そうなったら弟を助けることもできなくなる。

　そんな算盤（そろばん）に合わないことを、するわけがない。

「ただ何であれ、悪い噂は取り払わなくてはならない」

　この気持ちは変わらなかった。とはいえ、作次と牛久屋の行方が分からない以上、身動きが取れなかった。寅之助は、奥歯を嚙（か）みしめた。

　午前中大黒屋へ顔出しをしていた善太郎が戻ってきた。そして寅之助がいる側で、善太郎はお稲に角次郎から伝えられたことを口にした。

「相州屋の番頭が訪ねて来たそうだ」

「正吉さんの婿入りについてですね」

寅之助は口出しをしないが、耳は傾ける。

「そうだ。黒白がはっきりするまで、縁談は先送りにしたいという話だ」

「はっきりしなければ、なしということですね」

善太郎は頷（うなず）いた。お稲は、やや不満気な口ぶりだった。

「それにしても、相州屋にまで投げ文をするのは、念入りだ」

「でもどうして、そこまでするのでしょう」

お稲の疑問だった。作次は、井筒屋もしくは正吉を困らせればそれでいいはずだ。

正吉が困ることと考えて、思いついた。

「相州屋の縁談を、壊そうという腹だと存じます」

寅之助は、つい口を出してしまった。言った後でしまったと思ったが、もう遅い。

「確かにそうだ」

善太郎は驚く様子もなく応じたので、寅之助はほっとした。

「でもどうして、相州屋なのでしょうか」

「どういう意味だ」

決まってはいないが、正吉の婿の口が減る。相手は大店（おおだな）だ。お稲の言葉に、善太郎が問いかけた。

「相州屋の件は、なかったと思えば済む話です。やるならば、もっと痛手の大きいところを狙うのではないでしょうか」

「なるほど。天王町の町名主でもいいし、土地の岡っ引きでもいいな」

善太郎が応じた。その方が、はるかに困らせることができる。

「そういえば、直参の札旦那のところには、投げ文があったのではなかったか」

「ありました。でも正吉さんを貶めたいと考えるならば、町家の誰かの方が効果があるのではないでしょうか」

「相州屋にも、伝えたいわけがあるのでは」

やり取りを聞いていた寅之助はまた思いついたことを口にした。

意見を言っても許されると考えたから、今度は遠慮をしなかった。武家では求められない限り、上役に意見を言うことは許されない。

「ううむ。しかし作次には、正吉への嫌がらせの他に、相州屋と関わらねばならないいわれはないだろう」

「確かに」

もっともな話だ。投げ文に、作次という署名はなかった。

「ただ、なぜ相州屋なのかは気になります」

お稲は改めて言った。そして続けた。

「相州屋を、どうして知っていたのでしょう」

相州屋について知っていたのは、大黒屋の者を除けば、羽前屋の三人や蔦次郎などごく一部の者だけだ。

「作次と相州屋の間に、何かあるのでしょうか」

「そうだな。あると考えるべきだな」

寅之助の言葉に、善太郎は応じた。

「ならばその点について、調べてもらおうか」

寅之助にとっても、望むところの役目である。幸い、すぐにしなければならない用事はなかった。

「では早速、行ってまいります」

寅之助は、足早に歩いて永代橋を越えた。さらに歩みを進めた。人の多い芝口橋を南に渡った。駕籠や馬に乗る侍の姿もあった。

そこで向こうから歩いて来る娘に気がついた。顔に見覚えがあった。

「寅之助さん」

向こうもこちらに気づいたらしく、駆け寄ってきた。親し気な表情だ。熊井屋のお志乃だった。

「どちらへ行くのですか」

店は深川にあることを知っている。

「まあ、こちらの方にもお客がいて」

当たり障りのない返事にした。そして問いかけた。

「お志乃さんは、相州屋さんへ行って来たのですか」

熊井屋は楓川河岸だが、お澄と行き来をしているだろう。

「そう。でも浩吉さんが来ていたから、帰ってきたんです」

「どうしてですか」

お澄とお志乃は、親しい間柄だ。浩吉がいたからといって、お志乃が帰ってくる理由にはならないのではないか。

怪訝な顔になったらしい。それを見てお志乃は言った。

「私、あの人嫌いです」

きっぱりとした口ぶりだ。

「でも浩吉さんは、お澄さんを賊から救い出した人ですよ」

「そうかもしれないけど」

不満なことがあるらしい。

「何が気に入らないのですか。お澄さんと私とでは、もの言いや扱いが違うから」

あからさまなことはしないが、お志乃は邪魔者扱いをされていると感じるらしい。

「あの人、相州屋の婿になるつもりなんです。だからあんなふうに近づいて」

丹波屋では、正式に申し込みをしているのだと教えられた。破落戸から助けたことを機に、どうでもいいような用事を見つけては顔出しをするようになった。

「お澄さんは、どう思っているんでしょうね」

「それがまんざらでもないようで」

お志乃は、それも面白くないらしかった。

「だってお澄さんには、大黒屋の正吉さんとの話があるはずなんだし」

お志乃は、相州屋に投げ文があったことは、聞かされていないらしかった。

「ところで相州屋さん関わりで、作次という人を知っていますか」

寅之助の問いかけに、わずかに考えるふうをしてからお志乃は答えた。

「いえ、聞かない名ですけど」

知らないならば仕方がない。それでお志乃とは別れた。もっと話したい気もしたが、話題がなかった。

　それから寅之助は、相州屋の手代や小僧に問いかけをした。別々に、それとなく近寄りお捻りを与えた。

「作次という人を知りませんか」

「どんな人ですか」

　相手は首を捻った。

「堅気ではないような」

「ならば知るわけがないですよ」

　とやられた。町の者にも尋ねた。

「この辺りには破落戸みたいなのはいっぱいいるけれど、作次という名は耳にしないねえ」

　木戸番小屋の番人は言った。他でも同じだ。夕方まで訊き回ったが、参考になる話は聞けなかった。

十一

善太郎は寅之助が出かけた後で、相州屋へ投げ文をした者の気持ちを考えた。他でもいいのに、なぜ相州屋なのかという点だ。

分かる範囲だけだが、他は直参の札旦那のところ一軒だけだった。

「どのような利益があるのか」

井筒屋や正吉を困らせるとしても、それならば相州屋や直参の屋敷は最適とはいえない。井筒屋にいたっては、まったく困らない相手である。

にも拘わらず相州屋を相手にしたのは、何かの利があるからに他ならなかった。それが見えれば、向こうの狙いも対処の手立てもはっきりするはずだった。

このままでは、終わらせられない。

角次郎は怪しいというだけで正吉を見限ることはないが、大黒屋の婿にはできない。顧客や同業、町の者の店を見る目を無視はできないからだ。

相州屋は切り捨てるだろう。それは非道ではない。

暮れ六つの鐘が鳴ってしばらくした頃、芝口へ出ていた寅之助が帰ってきた。

「相州屋が関わる者や近所の者で、作次を知る者はいませんでした」

無念そうな口ぶりで寅之助は、聞き込んだ詳細を伝えてよこした。それらしい者の姿があってもよいと期待したが、残念だった。

「では相州屋には、何も変わったことはないわけだな」

念押しをすると、寅之助はわずかに迷うふうを見せて言った。

「丹波屋の浩吉の出入りが、多くなっているようです」

「ほう」

「お澄を破落戸から救い出したことが、縁というわけだな」

「いえ。その前から、婿にどうかと名乗りを上げていた者の一人だそうです」

「あの事件を機に、親しくなったわけか」

惣右衛門は、正吉を婿にしたいと考えていた。

「馴(な)れ馴れしいようにも感じます」

「その話は、誰から聞いたのか」

話の出どころを、はっきりさせておかなくてはならない。「馴れ馴れしい」というのは、話した者の気持ちだ。寅之助は少し迷った様子を示してから応じた。

「お志乃さんと、ばったり会いました。お澄さんを訪ねた帰りだったそうで」

照れがあって、言いにくかったようだ。

「店のことで、他に何を話したのか」

お志乃に対して、何かしらの感情があるらしいと察したが、それには触れない。

「浩吉は、お澄さんには丁寧に接するが、自分にはぞんざいだと言いました」

相手によって態度を変えるとの話だが、お志乃とそんなことまで話す間柄だというのにも、少なからず驚いた。

「浩吉は、婿に入ろうと動いているわけだな」

「そうだと思われます」

婿に入りたい者ならば、正吉は競争相手となる。

「お志乃さんは作次については、名も聞いたことはないそうです」

浩吉は次男坊とはいえ、相州屋へ婿入り話を持って行ける程度の店の若旦那なのは間違いない。作次と繋がると考えるのには、無理がある。

翌日朝の内、善太郎は八丁堀の嶋津の屋敷を訪ねた。まず、先日お澄が攫われた件について、調べの様子を聞いた。

「二人の破落戸については捜したが、いまだに現れないままだ」

どこかあきらめたような口ぶりだった。嶋津は、この件だけに関わっているわけではない。江戸の町では、大小様々な事件が起こっている。どれも知らぬふりはできない。

善太郎は、正吉にまつわる出来事について、詳細を伝えた。

「そうか。確かにそのような投げ文があったら、相州屋としては縁談を進めるわけにはいかないであろうな」

「そこが狙いでしょう」

「相州屋に誰が投げ文をしたのか。そこが気になるわけだな」

「はい」

善太郎は頷いた。

「確かにそこを探ると、正吉の件について何か出てくるかもしれないな」

「ええ、力を貸してください」

定町廻り同心の力は大きい。嶋津は前に相州屋へ調べを入れていた。

「分かった。当たってみよう」

嶋津は言ってくれた。

十二

受け持ち区域の町廻りを済ませた嶋津は、芝口二丁目の相州屋へ足を向けた。

「これは嶋津様」

番頭の貞之助は、嶋津を覚えていた。奥の部屋へ通された。顔色のよくない惣右衛門に問いかけた。

正吉の入り婿の件はないものとして、他にも縁談があるかどうかである。

「それはきています」

「何件あるか」

「口を利いてくださった方への義理もあります。無碍にもできませんので、一応考えるとしたところは、四件ございます」

ただどれも実家の商いが危うかったり、婿になるべき者が商人として見込みを感じなかったりして、惣右衛門も貞之助も気に入らなかった。十年後二十年後の相州屋を支えられない。商いの幅を広げられる若い者を望んでいた。

正吉は一介の奉公人だったが、商人として見込みがあった。そこで正吉に白羽の矢を立てたのだと話した。

「ただ変な噂があっては困ります」

惣右衛門は答えた。相州屋には、うるさい親戚筋もある。納得をさせられる者でなくてはならない。

「では、話は白紙となるか」

「正吉さんの悪しき噂がなくなれば何よりですが、解決をいつまでも待つことはできません」

肩を落とした。

「私の先も短いですので」

と続けた。

「そのようなことはあるまい」

嶋津は口では言ったが、惣右衛門の生気のない表情を見ていると、急ぐ理由は分かる気がした。正吉以外に今のところ上がっている四人の名を挙げてもらった。

同業の雑穀屋では、芝の伊勢屋与助の三男与七郎と飯倉の十一屋勘左衛門の次男丑之助、異業種では味噌醤油問屋丹波屋三郎兵衛の次男浩吉と京橋の海産物問屋若松屋藤兵衛の次男平助だと知らされた。

「その中の丹波屋浩吉は、お澄の急場を救ったのではないか」

「そうですね。見た目は尻の軽い者に感じましたが、そうでもなかったのかもしれません」

浩吉に気持ちが動いている気配があった。商人としての評価は変わらなくても、お澄のために破落戸二人を相手にした心根を、無視はできないということか。

もっとも嶋津にしてみれば、惣右衛門が誰を選ぼうと、その部分には関心がない。まずはその四人について当たって行く。

婿入りの競争相手である正吉を除きたい者としてだ。作次や不審な破落戸と繋がりがある者が現れたら、調べの的を絞ることができる。

嶋津がまず出向いたのは飯倉の十一屋である。飯倉は、増上寺の裏手の町だ。寺や武家地に囲まれた町で、海際の町と比べると鄙びた気配があった。

大店とはいえない店が並ぶ。そこで評判を訊いた。

「しっかりやっていますよ。丑之助さんは、よく荷車を引いています」

店を覗いて、顔を検めた。生真面目そうな若者だった。

隣町の同業にも尋ねた。堅い商売をしているが、大きく伸びる店とは感じない。倅は真面目だとしても、覇気があるようには感じなかった。

次は伊勢屋の与七郎だ。まず木戸番小屋の番人に声をかけた。与七郎は仕事熱心だが、無茶をする一面があった。

「気が短いところがありますね」

親や兄と、言い合いをしている姿を見たと言う者が複数いた。

ただどちらも、作次や破落戸らしい者との繋がりは窺えない。

三番目は若松屋で、店には昆布や干物が並んでいる。それぞれの品には、値を記した紙片が張り付けられている。値には横に、朱墨で丸が付けられていた。

仕入れ先にも行った。

「派手な商いをしていますが、支払いはいつも渋っています」

また平助は遊び好き。名は分からないが、破落戸ふうと付き合うこともあるという噂を聞いた。作次という名は出てこないが、破落戸ふうと関わりがあるならば、改めて調べなくてはならない一人となった。

そして丹波屋の浩吉だ。

「あいつは二枚目だから、女には持てましたね」

一年くらい前までは、色恋沙汰の悶着もあった。

「後家といろいろあってね、町の噂になりましたよ」

今は、そういう噂は聞かない。

「ただ兄弟共に、ずいぶん強気の商いをしたようですよ」

その話は前に耳にした。とはいえ商いについては、やる気があることが窺える。

ただそれで、大量の在庫を抱えた。

浩吉には、破落戸ふうと付き合いがあると分かった。つるんで歩く姿を見たものがいた。

不審なのは、平助と浩吉だとなった。嶋津は羽前屋へ行って、聞き込んだ内容を善太郎に伝えた。

このとき、お波津がお稲を訪ねてきていた。珍しいことではない。二人は仲がいいから、用があってもなくても、互いに行き来していた。幼いお珠のことも可愛がった。

お波津は善太郎と嶋津の話を聞いて、口を開いた。

「私、正吉さんの婿入り話を聞いて、相州屋さんへ様子を見に行ったことがあるの」

言いたくないが言うといった様子だった。

「何かあったのか」

「あったというほどじゃないけど。私、見たんです」

「何をか」

「相州屋さんを探っているみたいな人をです」

「探るだと」

　投げ文がある前だ。

「その人、ずいぶん熱心な様子だった」

　今になってみると、そう感じる話だ。

「男の見た目はどうか」

「若旦那(わかだんな)ふうで、なかなかの男前でした」

　浩吉ではないかと言っていた。

「顔を覚えているか」

「もう一度見れば、分かると思います」

「ならば面通しをしよう」

　嶋津は言った。すでに夕暮れどきだが、嶋津はお波津を連れて丹波屋のある本材木町へ行った。店の前で立ち止まり、お波津に店の中を覗かせた。

　明かりが灯(とも)り、すでに店を閉じようとしているところだった。

「見覚えのある者はいるか」

お波津は念入りに見ていたが、がっかりしたように言った。

「いません」

「そうか」

力が抜けた。いると思ったが、当てが外れた。けれどもそこへ、若旦那ふうが外出から戻ってきた。

顔が間近に見えた。それを目にしたお波津が言った。

「あの人です」

若旦那ふうは、相州屋に目をやったあと歩いて、二人の破落戸と会っていた。お波津は、そこまでは見ている。嶋津は外出から戻った若旦那ふうが、浩吉だと話した。

店へ入った若旦那ふうが浩吉だと、通りにいた小僧に嶋津は確かめた。

「よし」

これで浩吉が、一番怪しい者となった。

第三話　荒寺の声

一

翌日も嶋津は、町廻りを済ませた後で日本橋本材木町の自身番へ行った。この日は蕎麦の食い逃げが一件あっただけで、町廻りで厄介な悶着はなかった。手早く終えることができた。

暦の上では春だが、まだ吹く風は冷たい。熱い茶を出してくれたのは嬉しかった。

丹波屋について、初老の書役から話を聞いた。

「三郎兵衛さんは、丹波屋の三代目となります。商いが傾いているという話は聞きませんが」

堅い商いをしていたが、跡取りの藤太郎と次男の浩吉は、仕入れ量を増やし、値を下げて売り上げを増やした。

「それで新たな客を集めたと聞きました」

「販路を広げたわけだな」

「そうです。今のところは、おおむねうまくいっているようです」

大量の在庫を抱えているという話を一部から聞いたが、真偽のほどは分からない。根も葉もないことを、真顔で口にする者はいる。

「三郎兵衛は、そのやり方をよしとしているわけだな」

「まあ、仕方がないということでしょう」

倅二人は、商いを大きくしたいと考えている。もちろん三郎兵衛も、家業を栄えさせたいと願っているのは口ぶりや態度で感じていたらしかった。書役とは長い付き合いだそうな。

「浩吉さんは、大店の婿の口を探していると聞きました」

書役はまだ、相州屋のことは知らないようだ。

「前に大店で婿の口があったそうですが、それはうまくいかなかったようです」

「惜しかったな」

「親子ともども、がっかりしたことでしょう」

一度しくじっているならば、相州屋ではうまくやろうと力を入れているかもしれなかった。

「浩吉は二枚目で、もてたそうだな」

「ええ、いろいろあったようです」

一年前くらいから入り婿の話が出てくるようになって、治まってきた。評判になることもなくなったとか。

「大店の婿の口があってうまくいかなかったのは、なぜか」

「さあ。分かりませんね」

町の後家と何かあって、噂になった。それが相手に知られて、嫌がられたと話す者もいる。

けれどもそれが事実かどうかは分からないままだ。丹波屋の者は、その件については一切口にしない。

「それはどこの店か」

書役は知らなかったが、隣にいた大家が言った。

「町内の材木商い信濃屋さんならば、ご存じでは」

三郎兵衛とは親しかったとか。

すぐに信濃屋へ足を向けた。主人が嶋津の相手をした。三郎兵衛と同い歳で、共に本材木町で育った者だ。

「それならば、深川相川町の味噌醤油問屋大代屋さんですよ」

なぜ話が壊れたのかは知らない。

「まとまりそうな話だったのですがね」

そこで嶋津は、深川の大代屋へ足を向けた。相川町は大川の河口に面した町だ。永代橋が、間近に見える。

聞いていた通り、大代屋は間口六間の大店だった。川に船着場を持っていて、荷船が醤油樽の荷下ろしをしていた。

店では四十代半ばの主人が、嶋津の相手をした。丹波屋の浩吉について訊きたいと告げると、なんだそんな話か、というような表情になった。すっかり忘れていたことらしい。

「若い兄弟は、無茶な仕入れをしています。しかも借りた金でです」

話し始めると、思い出したらしい。そのまま続けた。

「一時はよくても、他も値を下げてきたらば太刀打ちできなくなります。相手に貸金があったらなおさらです。小さい方は、間違いなく返済に困ります」

「それはそうであろう」

嶋津にも分かる話だ。

「それとなく言ったんですがね、変わらなかった。いいところを見せようとしたのでしょうけど」

「その後は、うまくいっているのか」

「よいという話は聞きません。いけませんねえ、そういう無茶なことをする御仁は」

すでに丹波屋に関心はないという顔だった。

「金を借りた先が分かるかね」

「確か日本橋住吉町(すみよしちょう)の高木屋(たかぎや)とかいう金貸しだったと思いますが」

嶋津は、住吉町へ行った。自身番で訊くと、高木屋はすぐに分かった。

「ええ。丹波屋さんには、ご用立てをしていますよ」

主人は三十代半ばの歳で、やり手といった面構えの者だった。

昨年の四月に一年の期限で貸した。店舗を担保にしていた。返済額は、元利合わせると八十三両になるとか。

「なかなかの額だな」

「早めにお返しいただけば、そこまでにはならなかったはずですが」

部分返済もないとか。証文を交わしての貸し借りだから、多少利息は高かったが、主人は堂々としていた。

「期日までに返せない場合はどうなるのか」

「もちろんその場合には、お店(たな)を手放していただきます」

という約定だそうな。当然という口ぶりだ。返済は今すぐではないが、四月などすぐにやってくる。

「返済できそうか」

「さあ。それは丹波屋さんの問題で」

高木屋としては、求められることを求めるという腹だ。

「商いがうまくいっていなかったら、丹波屋は焦っているだろうな」

その後嶋津は、日本橋界隈(かいわい)の味噌醤油商いの店で丹波屋の商いの状況について聞いてみた。

「値を下げて売られたときは慌てましたがね。こちらも同じ値にしました」

番頭は、表情を変えずに答えた。

「向こうはさらに下げたのか」

「我慢比べですが、丹波屋さんは借りた金でやっています。耐えきれなくなったときには、借金が返せなくなるのでは」

慌てている気配はなかった。無理をしての商いと見透かされていた。

「丹波屋が借金でやっていると調べたわけだな」

「さようで」

「それで売れ行きは」

「安値を始めた直後は、確かにこちらの売れ行きは鈍りました。でも今は、元に戻りつつあります」

勝算はあるという顔だった。

二

「今日届けるのは六軒で合わせて二十一俵です。落ち度のないように」

正吉が、小僧たちに指図をしている。量が多いこともあって念入りだ。大黒屋で一番大きな荷車で、三人が運ぶ。

客にお追従は言わないが、必要なことはきちんと話す。落ち度がないから、客は信頼していた。

荷車が出かけるのを、お波津は正吉と店の前で見送った。それから正吉は、手にしていた商い帖をめくった。次にすることを確かめたのである。ぼんやりしていることはなかった。

正吉が町へ出たときには、飛び込みで新たな客を摑んでくることがあった。偶然というか、運がいいと初めは思ったがそうではない。それまでに何度も顔出しをして、客の店に都合のいい助言をしてきたのだと後で分かった。

その新たな客が大黒屋へ来たとき、お波津が相手をした。舂米屋である。

「うちでも百文買いに、屑米を交ぜて嵩増しをするようにしました」

客の方から言った。それまでは、屑米は交ぜなかったとか。

「いかがでしたか」

「売り上げが増えました」

笑顔を見せた。裏店住まいの客は、屑米交じりでも量が多い方を好む。

百文買いをする客の一人から得られる利は、大きいとはいえない。しかし小売りにとっては、小口の客がかなりの割合を占める。一俵で買う家など、よほどの大所帯か裕福なところだけだ。

百文買いの客が多くなれば、その分だけ入る日銭が増える。小売りにとって、これは大きかった。商いが安定する。大黒屋では当り前にしていることが、店によっては珍しいこともあった。

「嵩増しについては、正吉さんが言ってくれたんです」

「まあ」

正吉は初め、自分がしている百文売りを、問屋がする商いではないと見ていた節があった。しかし今は、他に勧めるほどになった。

商売敵を作っているようにも見えるが、お波津はそうは感じなかった。本所界隈では避けていたし、新たな顧客を拵えている。一軒ずつでも春米屋を顧客にすることは、問屋商いの基を確かなものにする。

百文売りは、大黒屋の商いの中心ではない。しかし商いの幅を広げている。意義のあることだと認めているから、人にも勧めているのだとお波津は受け取った。それは自分の働きを認めてくれているからに他ならない。手代として、着実な仕事ぶりともいえる。

けれども今、正吉は苦境に置かれていた。婿の口を失うだけでなく、下手をすれば商人としての将来をも失うかもしれなかった。それなのに、言い訳一つしない。目の前の商いに精を出している。

泰然としているとも見えるが、お波津にとってははじれったいことだった。

正吉は店先から離れて、裏手の倉庫に入った。在庫の確認だ。仕入れた産地ごとに種分けをしている。

お波津は迷ったが、少し遅れて倉庫に入った。正吉に伝えたいことがあった。それも他に人のいないところでだ。

「正吉さんが商いに熱心なのは、よく分かります」

いつもと違って、多少力が入ってしまった。正吉は、何事だという顔を向けた。お波津は続けた。

「相州屋さんは、縁談をなかったことにしようとしています」

「聞きました」

驚く様子も失望している気配もなかった。

「でもそれは、確かではない噂があるからです」

「まあ、そうでしょうが。どうするかは、先様の勝手ですから」

「悔しくないの。そんなことで」

つい、口にしてしまった。言い終わってから、言い過ぎたと自分を責める気持ちも湧いた。

ただやられっぱなしで、意気地がないと感じる部分もあった。

「何とも思わないわけではないですよ。でもなるようにしかならない」

「そんなことない。やましいことはないと、伝えればいい」

「私が言っても、無実の証にはなりません。聞いた相手は、言い訳としか受け取らないでしょう」

醒めた口ぶりでどきりとした。その通りだとも思った。正吉が続けた。

「二月の切米の折に、米俵を出荷する場で差配をしたのは作次さんですが、私も補佐役として同じ場にいました。私は四俵がなくなったことを、最後に数え直すまで気づきませんでした」

己を責める口調だった。

「でもそれは、差配役の作次という人が、それだけ巧みにやったからではないの」

お波津も羽黒屋で切米に関わっているから、その混雑ぶりはよく分かる。

「私がいた場所で、四俵がなくなったという事実は変わりません」

「…………」

返答に困っていると、正吉が口を開いた。

「弟が米を仕入れた相手である牛久屋さんの行方は、知れないままです。そして作次さんは、やったことを認めていません。米を金に換えた先を明らかにしなければなりませんが、その作次さんの行方も知れません」

「明らかにしようがないわけですね。じたばたしたくないということですか」

「まあ、そうです」

「でもそれは違うと思います。身の潔白について伝えることは、じたばたするのとは違います。黙っていたら、米を盗んでいなくても、やったことになってしまうのではないでしょうか」

そして作次を、いまだに「さん」をつけて呼んでいるのも気に入らなかった。自分を嵌めようとしている相手だ。それについて訊いた。

「店を追い出された人ですけど、手代になったばかりの頃には、助けてもらったこともあるので」

店を出されて、いろいろあったのでしょうと付け足した。

「でも今は、悪いやつですよ」

「…………」

どきりとした顔になった。

「作次を捜せばいいじゃない。向こうはこちらのことが分かっている」

「しかし」

「遠いところにいるわけじゃない。それは確かだから」

お波津の精いっぱいの気持ちだった。少し前までは、姿を見た者もいた。

「それに正吉さんだって、長く同じ屋根の下にいたんだから、いそうな場所を捜す中で何か思い出すかもしれない」

たった今頭に浮かんだことだ。

正吉は一瞬顔を強張(こわば)らせたが、すぐに得心したような表情になった。

「ありがとうございます」

正吉は答えたが、外へ飛び出していったわけではなかった。仕事を続けた。手代としての役目だ。

三

蔦次郎(つたじろう)は、ほんの少しでも正吉を疑った己を恥じていた。しかもその気持ちの根に、正吉がいなくなれば、婿の口が回ってくるという計算も潜んでいた。

「嫌なやつだ」

呟(つぶや)きになった。お波津がそれに気づいたかどうかは分からないが、自分を騙(だま)すことはできない。

正吉に対して、負い目ができてしまった。だから蔦次郎は、正吉の無実を晴らすために何かの役に立たねばならないと考えた。

「では何ができるか」

と思案して、相州屋に投げ文をした者が誰か、探ってみることにした。投げ文があったのは、藪入りのあった十六日だと分かっている。

店の者は気がついていないが、投げた者は必ずどこかにいる。それを捜せば、作次に繋がると考えた。

雇われた者が投げたのなら、雇い主を捜す手掛かりになるだろう。

ただ今となると四日前の出来事で、覚えている人がいるかと不安はあった。とはいえ探らなくては、話が進まない。

聞いた限りでは、まだ誰も手掛けていなかった。

蔦次郎は、芝口二丁目の表通りに出た。人や荷車が行き過ぎる。増上寺へ向かうのか僧侶の姿があり、遠路の道中をしてきたとおぼしい土埃を被った旅人の姿もあった。

当日、店の奉公人は、手代以下すべての者が藪入りのためにいなかった。彼らに訊くわけにはいかない。

近隣の商家の奉公人も出かけているだろう。人通りは多かったはずだが、通り過ぎるだけだ。

そこで町の裏通りの小店や長屋の住人に訊くことにした。

目についた長屋の木戸門を潜ると、三十代くらいの女房二人が井戸端で泥のついた大根を洗っていた。早速、声をかけた。

「藪入りのときは、帰ってくる子どものことで頭がいっぱいで、よその家がどうかなんて気にもしていませんよ」

「この辺りには、奉公先から帰ってきていた子もいるけどねえ。ともあれ一日中、がさがさしていたっけ」

二人は、あっさりと言った。相州屋の前は通ったが、戸が開いていたかどうかも覚えていなかった。

長屋にいる他の女房にも声をかけて訊いたが、あの日に相州屋に近づいた不審な者がいたかどうかなど、気に留めた者は一人もいなかった。

話を聞いている限り、割り出せそうな気がしなかった。

それでも一刻あまり、町内の他の長屋や、裏通りの小店などで聞いた。すると、藪入りの子どもを相手にした飴売りが、芝口二丁目の大通りで商いをしていたと告げる者がいた。

「どんな格好をしていましたか」

「ええとね、ひょっとこの面を被っていたっけ。歳は四十前後じゃないかね」

とはいえ、相州屋に何かをしたわけではない。近くで、藪入りの子どもを相手に、飴を売っていただけだ。

「そういえばいたっけ」

他にも、飴売りを覚えている者がいた。

「いつもは芝神明宮あたりで商売をしていたと思うが」

そこでひょっとこ面の飴売りからも、訊くことにした。芝神明宮の境内へ行くと、売り声を上げていた。

「確かにあの日は、相州屋の前あたりでも商売をしたけどねえ」

飴を売ることに夢中だった。子どもは小遣いを持っているので、売りやすかった。そこで大勢通る表通りに出たのだそうな。

「やはり」

ここで力が抜けた。すると飴売りが言った。

「そういえばあの日、物貰(ものもら)いの婆さんがやって来たっけ」

臭くて汚いので、子どもたちが騒いだ。

「相州屋で、物乞(ものご)いでもしましたか」

「それはなかったと思うが」

相州屋の近くにはいた。それは間違いないとか。

「増上寺の方から来て、気がついたら元の道を戻って行ったっけ」

「来た道を、相州屋の店の前まで来てから戻ったわけですね」

「そうなりますね」

蔦次郎の声が大きくなったからか、飴売りは何事だという目を向けた。

「それだ」

とひらめいた。物貰いの婆さんは、相州屋でするべき用を足せたから引き上げたのに違いない。

「その婆さんは、どこにいるのでしょう」

「金杉橋(かなすぎばし)の袂(たもと)あたりで座っていたような気がするが」

増上寺の裏手から、境内の南側を流れて海に出る川に架かる橋だ。早速行ってみた。

「おお」

婆さんはいて、藁筵を敷いて物貰いをしていた。蓬髪で肩を落とし背を丸めた姿は、いかにもみすぼらしい。

蔦次郎は、膝の前にある欠け丼に鐚銭数枚を投げ入れてから問いかけをした。

「藪入りの日に、相州屋へ行きませんでしたか」

「ああ、行ったよ」

与えた銭に日をやってから、顔を上げて答えた。

「頼まれたから投げたよ。それだけで二十文貰った」

「誰に頼まれましたか」

「知らない人だよ。ここにいたら、いきなり現れた」

破落戸ふうで、一人だった。

「顔を見たら、分かりますか」

「たぶんね」

婆さんは答えた。歳は三十くらいの破落戸ふうだった。作次かと考えて顔つきについて詳しく訊いたが、埒が明かない。

作次の顔を知っているのは、正吉など井筒屋にいた者だけだ。

ここで蔦次郎は、自分は顔も知らない者を捜しているのかと思った。ともあれ聞き込んだことを、深川まで出向いて羽前屋の寅之助に伝えることにした。そうすれば、大黒屋にも伝わる。

お波津に会うのは、いつもよりちと重く感じた。

倉庫で聞いたお波津からの言葉は、正吉の胸に響いた。いつもながらお波津の物言いはきついが、肝心なところを衝いてくると思った。

濡れ衣を着せられたのならば、自分で濡れ衣を晴らせという話だ。誰かがしてくれるわけではない。婿になるとかならないとか、そういうことは超えて、商人として飛んできた火の粉は自分で払わなくてはならないと告げられた。

「自分さえしっかりしていれば、いつかは分かってもらえる」

と信じているが、相手は悪意を持ってこちらを貶めようとしている。黙っていてはいけないと気づかされた。

そのとき角次郎から呼ばれた。

「薬種問屋の肥前屋さんから、南蛮渡来の胃の腑の病によく効くという薬をいただいた」

痛みを和らげる薬だそうな。肥前屋は、大黒屋の顧客の一人だ。大所帯だから、米の消費は大きい。小売りからではなく、問屋の大黒屋から自家用米を仕入れていた。

「はあ」

何を言いたいのかと訝った。胃の腑の薬など、自分には縁がない。

「これを相州屋さんに差し上げようと思う」

惣右衛門が胃の腑の病に苦しんでいるのは分かっているが、唐突な気がした。そもそも婿入り話の延期を申し出てきた相手である。確証のない嫌がらせを、撥ねのけた者でもなかった。

不満があった。

正吉の気持ちを角次郎は察したらしく、言葉を続けた。

「病んで苦しんでおいでだ。ならば良薬が手に入ったところで、差し上げるのは好意というものだ」

「まあ、そうですが」

不満が口から出てしまった。お波津の話を、聞いた直後だからかもしれない。角次郎は表情を変えずに続けた。

「それにな、婿入り話は断ってきたわけではないぞ」

縁は切れていないと言っていた。正吉は黙ったまま頷いた。

「この薬、相州屋さんには、おまえに届けてもらう」

「分かりました」

命じられれば、何でもする。私情は交えない。

相州屋へ行くと、正吉の顔を見た番頭の貞之助は、少しばかり驚いた顔をした。

「うちの旦那さんの使いでまいりました」

丁寧に頭を下げて、正吉は角次郎の言葉を添えて薬を差し出した。聞いてきた薬の効能についても伝えた。

「これは恐縮で」

困惑の表情を見せたが、貞之助は惣右衛門を呼びに行った。そこでお澄が茶を運んできた。

「どうぞ」

香りのよい茶だったが、笑顔はなかった。前とは、明らかに様子が違った。先日のように話しかけてくることもなく、すぐに引っ込んだ。

「お心遣い、ありがたいことで」

出てきた惣右衛門は、何事もないような笑顔を向けて受け取った。ただ相変わらず、顔色はよくなかった。

惣右衛門は、婿入りを拒絶していないと感じた。ただ正吉は、それを望んでいるわけではなかった。

お波津が蔦次郎と祝言を挙げても、大黒屋へ奉公し続けたいと思うようになっていた。長居はせず、正吉は相州屋から引き上げた。

四

お澄は芝神明宮の鳥居前に急いだ。前を歩く人を追い越した。

胸にちくりとした痛みがあるが、湧き立つ思いがそれを覆ってしまった。浩吉に、少しでも早く会いたい。

「あの人は先に来て、待っているだろう」

縁談があって知り合った相手である。役者にしたいような男前ではあったが、初めは心がときめいたわけではなかった。

話があった後、惣右衛門はすぐに浩吉の素性について調べをさせた。今は解決しているらしいが、後家と面倒なことがあったと調べてきた。商いについて無茶をするきらいがあって、それも危うい感じた様子だった。

「様子を見よう」

貞之助と相談して、そういう話になった。

「おとっつぁんが気に入らないなら……」

どうしても一緒になりたいとは思わなかった。

けれども今は違う。

「浩吉さんは攫われた私を捜し出し、たった一人で破落戸二人と渡り合って、救い出してくれた。あの人が現れなかったら、自分は何をされたか分からない」

あんなに怖い思いをしたことは、これまでなかった。

恩人だと思う。正吉も崩落する樽から身を守ってくれたが、たいへんさでいえば比べ物にならない。勇敢なだけでなく、状況を判断して捜し出してくれた。

「賢いではないか」

商いにもそれはきっと活かされるに違いない。

「それに浩吉さんは、その後も店に顔を出していろいろと気遣ってくれた。優しい言葉もかけてくれた」

呟(つぶや)きが続く。正吉は、商いばかりだった。この数日は、浩吉について考えることが多くなった。

昨日ばったり、表の通りで浩吉と会った。今日、芝神明宮の鳥居前で会おうと誘われたのである。

「お詣(まい)りをして、お汁粉でも食べませんか」

嬉(うれ)しかった。約束したが待ち遠しかった。浮き立つ気持ちが、徐々に大きくなる。初めてのことだ。親しくしているお志乃(しの)にも伝えたいが、秘密の思いだからまだ言えない。

お志乃は嫌いらしいが、それは焼きもちかと考えた。

鳥居が見えてきた。その下で、自分を待つ浩吉の姿が見えて、胸がつんと痛くなった。

「待った」

我知らず駆け寄っていた。

「少しばかり」

「ごめんね」

「そうじゃないさ。会いたい気持ちが先に立って、つい早く来てしまったんだ」

向けてくる眼差しに恥じらいがある。優しい声だ。

「お詣りをしましょう」

返事の言葉が浮かばないので、お澄はそう伝えた。二人並んで神前に立ち、賽銭を入れて合掌した。

「何をお祈りしたの」

浩吉の方が長かったので、お澄は訊いた。自分に関わることだと期待したが、そうではなかった。

「お澄さんのおとっつぁんが、早く元気になれますようにって」

「ああ」

自分のこと以上に嬉しかった。

「顔色がよくないようだけど」

「うん。いつも気になる」

これは本音だ。そこを察して案じてくれたことに、浩吉の思いやりの深さを感じた。

「いい医者にかかって、いい薬を飲んでいるんじゃないのかい」

「まあ、そうだけど」

そこで迷ったが、お澄は口に出した。

「それで大黒屋の旦那さんからおとっつぁんに、南蛮渡来の痛みを止める薬が届けられたの」

「受けとったんだね」

「うん。おとっつぁんは、まんざらではない顔だった」

「薬は効いたのかい」

一瞬、険しい表情になったが、すぐに元に戻った。

「効いたみたいだけど」

「よかったじゃないか」

笑顔を見せた。

「正吉さんが、その薬を運んできたの」

「ほう」

やや考えるふうを見せてから、口を開いた。

「大黒屋の正吉さんには変な噂があるって聞いたけど、縁談は消えていないのかい」

「うん。おとっつぁんは、あの人を買っているの」

俯き加減になって答えた。

「ふーん」

「濡れ衣ならば、じきに晴れるだろうって」

「お澄さんは、どう思うの」

「もちろん濡れ衣ならば、晴れればいいと思うけど」

正吉が悪い人だとは感じない。だからただの噂であってほしいが、そうなると婿の話が頭をもたげてくる。

今となっては、それは嬉しくなかった。拒否したい気持ちが芽生えている。

そこで浩吉は、思い余った顔になった。何か言おうとして、言葉を呑み込んだ。

けれどもあきらめたように口にした。

「もう、自分の気持ちの中だけには納めておけないよ」

「何なの」

「私は相州屋を守り、お澄さんを幸せにしたい」

「えっ」

どきりとした。何を言い出すのかと驚いたが、予想をしていなかったわけではなかった。

「そうなるために、力を貸してくれないか」

声は出なかったが、お澄は頷(うなず)いていた。

「一日も早く、夫婦(めおと)として一緒に暮らしたいよ」

その言葉が耳に響いた。

五

善太郎(ぜんたろう)は、蔦次郎が聞き込んだという、物貰(ものもら)いの老婆に投げ文を依頼した破落戸(ごろつき)の話を、寅之助から伝えられた。

「その破落戸ふうは、お澄さんと正吉さんとの縁談を壊したい者ですね」

話を聞いていたお稲(いね)が言った。壊したいのは、浩吉だと見ている。他にもいるが、今のところは一番怪しい。

「浩吉が破落戸にやらせたのかもしれない」

「当然その破落戸は、投げ文の内容を知っているでしょうね」

「そう考えていいだろう」

「ならばそれは、作次ではないですか。誰でも知っている話ではないのですから」

お稲は確信を持った表情で口にした。もちろん善太郎も思ったことだ。

「ただ浩吉と作次では、繋がらない気がしますが」

寅之助が言った。普通に考えたら、繋がりようがない話だ。

「浩吉は正吉が婿候補として現れ、一気に惣右衛門や番頭の貞之助から信頼を得たのは、面白くなかっただろう」

「確かに。少なくない借金があって、相州屋に助けてもらいたいと思っていたら、なおさらですね」

善太郎の言葉に寅之助は応じた。

「正吉を潰したいと考えたら、どうするか」

「弱みを探しますね」

「浩吉はきっと、作次を捜し出したんですよ」

これはお稲だ。善太郎と寅之助は頷いた。

「でも、こちらでも作次のことは捜しましたが」

「向こうの方が、動きが早かったのでは」

寅之助の問いかけに答えたお稲は、やや考えた上で続けた。

「浩吉が自分で捜したのではなく、お波津さんが見た二人の破落戸を使っていたらどうでしょう。蛇の道は蛇で、捜し出すのも容易(たやす)かったのではないでしょうか」

作次がいなくなってから捜したこちらは、不利だった。

ここで二人の破落戸ということで、善太郎は思い至った。

「お澄さんを攫(さら)ったのは、二人の破落戸だったな」

「じゃあ、そいつらでしょうか」

寅之助ははっとした顔になってから口にした。

「それならばお澄さんが攫われたときでも、浩吉はたとえ二人が相手でも、破落戸を追い払えたわけですね」

お稲が頷いた。決めつけることはできないが、からくりがだいぶ見えてきた。

「芝居ならば、誰が相手でも怯(ひる)むことはない」

「おのれっ」

善太郎の言葉に、寅之助が怒りをあらわにした。

昼下がりになって、善太郎は札差羽黒屋で指図を済ませた後、日本橋本材木町へ足を向けた。羽黒屋へは、来月の切米の準備のために、ここのところ毎日顔を出していた。それには寅之助を伴うこともあった。

これまでしていなかった、浩吉の側からの破落戸とのかかわりについて探ってみようと考えたのである。楓川の船着場では、材木の荷下ろしがされていた。

その人足たちに問いかけた。

「浩吉さんは知っているが、怪しげなやつと付き合っているというのは知らないねえ」

六人に訊いて、すべて同じ答えが返ってきた。

「そうか」

店の近所で、付き合うわけがないと気がついた。そこで木戸番小屋の番人に銭を握らせて、町内で浩吉と幼馴染の者を教えてもらった。

二人の名が挙がったので、それぞれに当たった。二人目の者から、浩吉が霊岸島の小料理屋美鈴で酒を飲んでいたことがあることを訊いた。

「そこの雇われおかみが後家でして」

「その女と、面倒なことになったわけですね」

「まあ」

すでに聞いたことのある話だが、新たなことが分かるかもしれないので、美鈴の場所を訊いた。

善太郎は霊岸島へ足を向け、美鈴へ行った。しかし聞いていた場所に店はない。

違う屋号の小料理屋になっている。近くで訊くと、美鈴はもう潰れてしまったと分かった。

「美鈴のおかみさんは、今どこにいるのでしょうか」

居合わせたおかみに尋ねた。

「知っていますよ。店の引き渡しのときに会いましたから」

訪ねて来る縁者もいるだろうからと伝えられた。女の名はお甲で、日本橋堀留町の居酒屋の手伝いをしているとか。さらにそちらに足を向けた。

そこでお甲に会うことができた。

浩吉の名を出すと嫌な顔をした。しかし話すのを断りはしなかった。

「あいつは二枚目でも、不実な男ですよ」

いい仲になったが、関係が世間に知られると離れて行った。しょせん遊びだったということだ。

「口ではいろいろと優しげなことを言っていたけれど、あっさりと手のひらを返した」

「薄情だな」

「あたしだけが、馬鹿を見たようなものさ」

悪評がたって小料理屋は潰れ、お甲は霊岸島を出て今の居酒屋の女中になった。

「手切れの金を得たのではないかね」

「そりゃあそうだけど、雀の涙さ」

恨んでいる模様だ。

「浩吉は、破落戸ふうと付き合っていなかったかね」

「そういえばいたね」

首を傾げてから言った。連れ立って美鈴へやって来たことがあった。

「その者たちの、名や住まいが分かるかね」

「住まいは知らないけど、名は分かる。猪吉っていうやつだった」

「表通りの若旦那が、なぜ破落戸と親しかったのかね」

ここは確かめておきたい。

「猪吉は裏店育ちだったらしいけど、同じ本材木町で暮らしていたんだって」

「子どもの頃からの遊び友達というわけか」

「そんなところだろうね」

ならば気心も知れていて、悪さをしやすいかもしれない。ただ猪吉は、霊岸島に住んでいるわけではなさそうだと言った。

猪吉が何者かは分からない。

六

善太郎は再び本材木町へ行き、先ほど話を聞いた二人の幼馴染を訪ねた。

「猪吉ですか。ああ、そういえばいましたね」

やや間があったが、思い出した。十歳くらいまで長屋にいて、その後奉公に出た。町にいる間、浩吉とはよく遊んでいたらしい。

悪餓鬼仲間といったところか。

「乱暴なところもあったので、私は猪吉とはあまり遊びませんでした」

それですぐには思い出せなかったようだ。奉公先も知らないし、どこにいるかも分からないと告げられた。

もう一人は、猪吉をよく覚えていた。遊び仲間だったらしい。

「猪吉の奉公先は。そうそう、京橋山城町(きょうばしやましろちょう)の葉茶屋だったと思いますが」

奉公した後は、藪入り(やぶい)の折に一度会っただけでその後は知らない。親兄弟が長屋を出てからは、会うこともなくなった。

善太郎は山城町に足を向けた。葉茶屋は町には一軒だけで、木戸番小屋で訊くとすぐに分かった。

店先にいた若い手代に問いかけた。

「ええ、いましたよ。五年くらい前に、博奕に嵌って店にいられなくなりました」

そういう奉公人は、いくらでもいる。その後猪吉がどうしているかなどは分からない。関心もない様子だった。

小僧の頃は、倉庫の裏でよく殴られたと言った。

「たいへんな仕事は押し付ける、嫌なやつでした」

同じ頃に店に入ったという手代にも話を聞いた。

「そういえば二、三年くらい前に、浅草寺の門前界隈の地回りの子分になったと聞きましたが」

あやふやな記憶だ。誰から聞いたかも覚えていない。

しかしそれでも、近づく手掛かりになるかもしれなかった。作次についても、浅草寺門前界隈で姿を見たと口にした者がいた。善太郎はその足で、浅草寺門前界隈に出た。

「この辺りには、いろいろなのがうろついているからねえ」

四、五人の露天商に尋ねたが、首を横に振られた。風雷神門前にたむろしていた五人の地回りの子分とおぼしい者たちに問いかけた。目つきのよくない者たちだ。匕首を懐に呑んでいる者もいた。
「猪吉なんて知らねえが、そいつに何の用があるんでえ」

舐めた口ぶりだ。縄張り内の場所で数もいる。応じた三十歳前後の男が、値踏みするような目を善太郎に向けた。

「ちょいと用がありましてね」

「だからそれを聞いているんだ」

善太郎が怯まないからか、わずかに苛立ちを見せた。

「知らない人に、話すいわれはないでしょう」

「何だと」

身構えた。他の者も同様で、懐に手を突っ込んだ者もいた。

「こいつら、知っている」

と察した。猪吉は御法度の賭場の見張りでもしているのか。

「言えない、やましいことでもあるのかね」

破落戸たちに目をやってから、善太郎は煽る言い方をした。痛めつけて、言わせるしかないという判断だ。

「このやろ」

すぐ横にいた一番若い男が、匕首を抜いて襲い掛かってきた。切っ先は心の臓を狙っていた。

無駄のない身ごなしの一撃だが、善太郎が斜め前に飛び出す方が早かった。切っ先を躱すと同時にその手首を握っていた。腕を捩じり上げながら持ち上げ足を掛けると、若い男の体は地べたに崩れ落ちた。

「うわっ」

一瞬のことで、倒された男が上げたのは驚きの声に聞こえた。

しかし善太郎は、倒れた者に目を向けない。手を離すと、殴りかかってきた男の内懐に飛び込んでいた。

目の前に現れた鳩尾を、肘で突いた。

動けなくなった相手の体を、肩で後ろに突き飛ばした。

さらにその動きを止めないまま、もう一人匕首を抜いていた男に躍りかかった。足で下腹を蹴っている。

「ひっ」

男は前のめりに倒れた。急なことで、手をつけない。地べたに顔をぶつけた。

残るは二人だ。善太郎は休まず身構えた。

来るならば来い、という気持ちだが、二人は顔を引き攣らせていた。五人を相手にしながら、瞬く間に三人を倒してしまった。起き上がったその内の一人は、争いの場から身を引いていた。戦意をなくしている。

二人は地べたで呻いていた。

「覚えていやがれ」

捨て台詞を残して、二人はこの場から逃げ出した。後ろに身を引いていた者も、これに続いた。倒れていた内の一人も、どうにか立ち上がった。

倒れたままの一人の顔と体を、善太郎は上から跨って手と膝で地べたに押し付けた。改めて腕を捩じり上げた。

「正直に言わぬと、この腕を二度と使えぬようにするぞ」

と脅した。捩じり上げた腕に、力を入れた。

「わ、分かった。止めてくれ」

悲鳴になっていた。

「猪吉を知っているな」

「し、知っている」

「何をしているのか」

「口には出せねえところで、手伝いをしている」

「御禁制の賭場というわけか」

男は顔を歪めただけで、否定はしなかった。

「住まいはどこだ」

「この近くの空き寺だと聞いた」

空き寺ならば、家賃は取られない。聞いただけで、男は行ったことはないと告げた。

「一人でいるのか」

「いや、三人でだ。豊助と知り合いだという野郎だ」

豊助という名は、初めて出た。猪吉の相棒のようなものだそうな。もう一人の名は分からない。

それで男は解放した。男たちの縄張り内だ。逃げた者たちは、仲間を連れて来るだろう。大げさなことになる前に、退散する。

知り合いは、作次だと踏んだ。

「猪吉と豊助は、お澄を攫い駕籠舁きをした者か」

考えたことを呟いた。

浅草寺東側は、広大な寺町になっている。通りかかった僧侶に空き寺はないかと問いかけた。

「さあ」

近場では空き寺を探せなかった。すでに夕暮れどきになっていた。寺の堂宇が朱色に染まっている。

善太郎は羽前屋へ戻ることにしたが、途中大黒屋に寄って、事の次第を角次郎とお万季に伝えた。

「猪吉を捜し出せたのは上出来だ。危ないことはなかったか」

「ありませんでした」

余計なことは告げない。

「そうか、ならばよい。空き寺と三人は、何としても捜し出さなくてはならぬな」

善太郎の話を聞いた角次郎が言った。

このときには、お波津と正吉も話を聞いていた。

七

翌日は、朝から春らしい日和だった。陽だまりにいると、暑いくらいだった。井戸端の紅梅が咲いて、強い香を漂わせていた。

お波津は角次郎やお万季には知られないように、正吉を人のいないところへ呼び出した。

「一緒に、空き寺を探しに行きましょう」

「しかし仕事が」

正吉はお波津の申し出に驚きはしなかったが、躊躇いを見せた。これは私事だと考えるから、店を抜けるのは本意ではないのだろう。

「おとっつぁんに頼みます」

初めからそのつもりで、お波津は誘っていた。

「…………」

「これは正吉さんのことです。じっとしていてはいけません」

「それはそうだが」

前にも似たような話をしているから、気持ちは動いたらしかった。

「もう一人が作次かどうか。それを確かめられるのは、正吉さんだけです」

善太郎もお波津も、蔦次郎や寅之助も、作次の顔を知らない。

「分かりました。行きましょう」

正吉は、腹を決めたらしかった。

「ではすぐに」

お波津は角次郎に話して、正吉を連れ出す許しを得た。やりかけの仕事は、他の手代に任せた。

春の日差しを浴びた両国橋を、二人は渡った。大川の水面が、日を跳ね返して眩しい。

蔵前通りを経て、お波津と正吉は浅草寺の東に広がる寺町の一角に立った。

人気はまったくない。どこかから読経の声が聞こえて来るばかりだ。ともあれ歩き始めたが、空き寺など見当たらない。

しばらく歩いたところで、ようやく中年の僧侶がやって来るのに出会った。お波津は駆け寄って問いかけた。

「人のいない空き寺がありませんか」

「はて」

首を傾げた。見当もつかないらしい。噂も聞かないと告げられた。

めったに人が通らないから、人に出会う度にお波津は訊いてゆく。必ず探し出してやるという覚悟だった。すると途中から、正吉が先に通りかかる者を捕まえて尋ねるようになった。

表情が、初めと変わっていた。

「この人も、ようやく本気になった」

それがお波津には嬉しかった。ただ五人、六人訊いたところでは探し出せない。もともと寺町だから、人通りは極めて少ない。

あれこれ探してゆくうちに、お波津は突き出していた石に蹴躓いた。空き寺探しに気を取られて、足元に目をやっていなかった。

「ああっ」

左の足首をねん挫した。立ち上がろうとすると、激痛が全身を駆け抜けた。

「大丈夫ですか」

正吉が、案じ顔で駆け寄ってきた。

「もちろんです」

正吉の肩に手をかけて、どうにか立ち上がった。肩幅がある。正吉の体は頑丈で心強かったが、足をつく度に痛みが込み上げてきた。

「こんなときに」

お波津は自分が情けなかった。足を引き摺(ず)らなくては歩けない。

「私が背負いましょう」

「いやそれは」

調べの邪魔をすることになる。

「ともあれ今日は、帰りましょう」

有無を言わさぬ口調で、正吉は言った。調べに付き合えないのは悔しいが、どうにもならない。足手纏(あしでまと)いになるだけだ。

それしかないと思って道の先に目をやると、荒れた気配の建物が見えた。土塀の一部が崩れている。

「空き寺では」

正吉の肩に手を置きながら近づいた。崩れかけた土塀から、中を覗(のぞ)いた。

庭は荒れ放題で、倒木も転がっていた。本堂も屋根瓦(やねがわら)が崩れ落ちたところがあって、連子窓には蔦(つた)が絡まっているのが見えた。境内は広くはないが、無住の寺であることは間違いなかった。

「ついに、見つけましたね」

唾を呑み込んだ正吉が言った。

「入ってみましょう」

足の痛みは消えないが、こうなるともう引き上げるわけにはいかなくなった。

ともあれ山門まで行った。外れかけ腐りかけた門扉が、斜めに傾いている。正吉が押すと動いた。

「中には、人がいますよ」

声を潜めて、正吉が地べたを指さした。足跡ができていた。

「そう古いものではありませんね」

お波津が返した。

「入って、様子を見てきます」

「私も行きます。肩を貸してください」

自分の目でも、確かめたかった。肩に手をかけたまま、境内に入った。足音を立てないように、少しずつ進んだ。

周辺に人の気配はない。本堂となる建物の、回廊の際まで来た。腐りかけた、板の階段がある。

「上れますか」

正吉が耳元で囁いた。気遣ってくれている。

「行きます」

「気をつけてください」

肩に手を添えながら、板を踏みぬかないように注意して上った。痛みはあるが、それは堪えるしかなかった。

回廊に上がって、窓の傍に寄った。防火用の縁がかけた水瓶が置かれていて、水に枯葉が浮いている。何かを踏んだと足元に目をやると、丸めた藁筵が埃を被って転がっていた。

連子窓の板が腐っていて、正吉が指で押すとたわいもなく一部が崩れた。音がしなくて、ほっとした。

そこから本堂内が窺えた。お波津と正吉は、息を呑んで中を覗いた。窓はあっても戸が閉められているところが多いので、昼間でも薄暗い。燭台に明かりが灯されていた。

動く人の気配があって、お波津は目を凝らした。三人の破落戸ふうがいる。何か話しているが、声はなかなか聞き取れない。

しばらく見ていて、三人の顔を確かめた。

「あれは」

お波津は正吉に耳打ちした。

「相州屋から浩吉をつけたときに見かけた、破落戸ふう二人に違いありません」

猪吉と豊助だろう。

「もう一人は、作次です」

今度は正吉が耳打ちした。ようやく、辿（たど）り着いた。抑えた声だが、気持ちの昂（たか）ぶりは伝わってきた。

踏み込んで捕らえたいところだが、二人ではどうにもならない。しかもお波津は、満足に歩くことができない。

物音を立てぬように気をつけて、回廊から下へ降りた。そして大きな木の陰に身を移した。

「正吉さんはすぐに、大黒屋に知らせてください」

「お波津さんは、どうするんです」

「ここで見張ります。どこかへ行かれたら、振出しに戻ってしまいます」

「しかし」

女一人を残すことに不安があるらしかった。

「私は見張るだけです。何もしません。行ってください」

この機を逃してはならないという気持ちだった。

「分かりました。無茶をしてはいけません」

正吉は、慎重な歩みで境内から外へ出て行った。お波津はその場に蹲った。

八

蔦次郎は、疑わしい浩吉の動きを探ろうと思った。相州屋への婿入りを企んでいるならば、正吉を切り捨てたいと考えるだろう。

一時止まっているとはいえ、正吉との縁談が消えたわけではなかった。主人の惣右衛門や番頭の貞之助は、正吉の商人としての力を買っていた。有力な候補であることはまだ変わらない。

投げ文があったが、それだけでは充分とはいえない状態だ。

「きっと新たな動きをするぞ」

との判断があった。本材木町へ行って、離れたところから丹波屋の様子を窺うことにした。

店の前を歩いたとき、浩吉が中にいるのを確かめた。外出を待つ。場合によっては、不審な者が姿を見せるかもしれない。

出入りする客は折々ある。しかし浩吉の動きがないまま、ときが過ぎた。蔦次郎は、無駄になってもいいという気持ちで、見張りを続けた。

「おおっ」

一刻半もした頃、ようやく浩吉が出てきた。蔦次郎はそれをつけた。

「いよいよだぞ」

唾を呑み込んだ。間を空けて、気づかれないように注意しながらつけてゆく。

けれども浩吉が行った先は、隣町の味噌醤油の小売りの店だった。期待した分だけ、がっかりした。番頭と話している。商談のようだ。

さらにもう一軒、小売りの店に行った。ここでは主人らしい者と話をした。

用が済むと、通りに出て歩き始めた。向かう方向からして、まだ本材木町には戻らないようだ。日本橋界隈を北に向かう。

「はて」

本材木町から離れるばかりだ。もうどこにも寄らなかった。神田川も北側に越えた。顧客の店に向かっているとは思えない。

腹の奥が、にわかに熱くなった。

脇目もふらず歩いて行く浩吉は、寺が並ぶ界隈に出た。立ち止まったのは、荒れ寺の前だった。

左右に目をやってから、山門の傾いた門扉を押して境内に入った。

蔦次郎は駆け寄った。中を覗くと、朽ちかけた本堂の中へ入って行く浩吉の姿が見えた。心の臓が高鳴った。

浩吉の姿が本堂の中に消えたところで、荒れた庭に目をやった。人気のないことを確かめてから、蔦次郎も敷地の中に足を踏み入れた。

「本堂内には、きっと他にも人がいる」

物音を立てないように注意しながら数歩進んだところで、目の端にひらひらと何か揺れるものがあるのに気がついた。顔を向けると、物陰に隠れたお波津が袖を振っている。

声を上げそうになって、蔦次郎は手で口を塞いだ。

傍に寄って、お波津と並んで蹲った。

「中に、作次と猪吉、豊助の三人がいます」

お波津から、ここまで調べたこと、正吉とつけてきたことを聞いた。正吉が知らせに走っていることも知った。

「なるほど、揃いましたね」

さらに胸が高鳴った。痛いくらいだった。今は助勢が来るのを待つしかない。ただ中の様子は知りたかった。

「浩吉がやって来たから、きっと次に何をするかを話すんだと思う」

お波津が言った。

「ならば本堂に、近づきましょう」

話を聞いておかなくてはならない。

お波津が立ち上がったとき、顔を顰めた。何かあったらしい。

「空き寺を探しているときに、足を挫きました」

「肩に、手をかけてください」

「はい」

お波津は遠慮をしなかった。一人で歩けば、転がってしまうかもしれない。浩吉たちに気づかれるようなことは、してはいけない。

回廊まで上がった。話し声が聞こえる。連子窓の隙間から中を覗いた。お波津から三人の名を訊いて、顔を確かめた。室内はほの暗い。燭台の明かりが、浩吉の端整な横顔を照らしていた。

蔦次郎とお波津は、耳をそばだてた。

「正吉のやつが、相州屋へ惣右衛門の薬を持って来た」

「縁談は、壊れたんじゃねえのか」

浩吉の言葉に猪吉が答えた。

「先延ばしになっただけだ。惣右衛門のやつ、満足そうに受け取ったとか」

浩吉は不機嫌そうだ。

「お澄が、知らせてきたわけだな」

「ああ」

浩吉は、そのまま続けた。

「おれはお澄のやつを手懐けている」

「抜かるなよ」

「もちろんだ。あいつは惣右衛門に、おれと祝言ができるように話すと言っていた」

傲慢そうな表情だ。

「そりゃあいい。そうなったら、おれたちにもお足が流れてくる」

卑しげな声を出したのは、豊助だ。

「ただ、それはまだだ。惣右衛門は一度決めると、なかなかに頑固だからな」

「正吉にするという腹だな」

作次が応じた。

「そこでだ。もう一つ、正吉を諦めさせる手立てが欲しい」

「なるほど」

しばしの間、一同は黙った。そして作次が口を開いた。

「任せておけ。それらしい話をでっちあげればいいんだ」

「嘘でもか」

「後でばれても、かまいやしねえ。しばらく正吉のやつが疑われればいいんだ」

「その間に、話をつけるわけだな」

「ああ、そういうことだ」

悪巧みの一部が見えた。蔦次郎は怒りで体が震えた。

お波津も声は出さないが、目に憤怒が表れていた。ここで力が入ったからだろう、蔦次郎は摑んでいた出窓の戸を落としてしまった。

思いがけず大きな音になった。

「何だ」

浩吉らに気づかれたようだ。四人は座を立って回廊へ出ようとした。

逃げようとしたが、足を痛めているお波津は思うように動けない。蔦次郎が肩を貸しても、進むのに手間がかかった。回廊から地べたに降りたところで、現れた男たち四人に囲まれてしまった。

「おめえは、大黒屋の娘だな」

浩吉は、お波津を知っているらしかった。正吉がいる大黒屋を、どうやら調べたようだ。なかなかに念入りだ。

「おれたちの話を聞いたな」

「生かしちゃおけねえ」

「いや。こいつを使って、正吉を誘き出すか」

猪吉が言い終わらない内に、豊助が殴りかかってきた。蔦次郎はそれを躱したが、直後に作次が、太腿に蹴りを入れてきた。

激しい痛みを堪えていると、今度は猪吉から顎に一撃を喰らった。頭がくらくらして、体が飛んだのが分かった。

地べたに転がったところを、二人の者に押さえ込まれた。手足をばたつかせて抗ったが、相手が複数では、どうにもならなかった。縄をかけられ、本堂に連れ込まれた。

大黒屋へ向かった正吉だが、残したお波津が気にかかった。足を挫きながらも、自分の濡れ衣を晴らすために力を尽くしてくれている。

「ありがたい」

自然に言葉が出た。ならば自分が、何を置いても守らなくてはならなかった。

そこで蔵前通りに出て、浅草瓦町の羽黒屋へ向かった。大黒屋の分家のようなものだから、伝えれば大黒屋だけでなく羽前屋や嶋津のもとへも知らされると考えた。

九

札差羽黒屋では貸金の仕事もしながら、年三回切米の用意をする。禄米の代理受領が、本来の仕事だった。

出入りの直参を一軒ずつ当たり、自家米の量をどうするか確かめる。それによって人足や荷車の手配をしなくてはならなかった。

換金される禄米は、大黒屋と羽前屋が八割方を仕入れる。この受け入れのための倉庫も確保しておかなくてはならない。

この日善太郎は、寅之助を伴って、羽黒屋へ出向いていた。打ち合わせをしているところで、正吉が飛び込んできた。血相を変えている。

「どうした」

善太郎が応じた。

「作次の居場所が分かりました。猪吉と豊助なる者も一緒です」

浅草寺東の荒れ寺に辿り着くまでの概要を聞いた。

「お波津さんが、境内に潜んで見張っています」

「分かった。急ごう」

善太郎は寅之助を伴って、正吉の後に続いた。店の者には、大黒屋と嶋津に伝えるように命じた。

三人は走って、荒れ寺の前に出た。寺はしんとしている。境内を覗いても、お波津の姿は見つからなかった。

「何かあったに違いありません」

正吉が顔色を変えた。物音を立てぬように気を配りながら、三人で境内に踏み込んだ。そして回廊へ上がる階段の前で立ち止まった。

そこに新しい足跡があった。争った気配も残っていた。相手は三人いる。足を挫いているお波津一人では、どうにもならないはずだった。

捕らえられたと考えるべきだった。善太郎と正吉、寅之助は、足音を忍ばせて回廊に上がるための階段へ足を向けた。


「なぜここへ来た」

猪吉が問いかけてきた。冷ややかな眼差しだ。お波津は奥の仏像の台座近くの柱に縛りつけられていた。

お波津は、答えない。睨み返しただけだ。胸の内で、正吉が早く角次郎らを連れて来てほしいと願っていた。

蔦次郎も、問われても答えない。縛られたまま、本堂中央あたりに転がされている。燭台の明かりが、揺れていた。

「このやろ」

猪吉は蔦次郎を殴りつけた。縛られたままでは、避けることもできなかった。唇の端を切り、みるみる顔が腫れた。それでも口を割らずにいると、今度は蹴られた。

それでも喋らない。

「止めて」

お波津が声をかけた。

「じゃあ、なぜここへ来たか、言ってみろ」

浩吉が顔を向けた。蔦次郎への暴行があまりに酷いので、お波津は悔しいが答えることにした。このままでは、殴り殺されてしまいそうだ。

「あんたらが、正吉さんを嵌めようとしたからじゃないか」

言葉には、怒りがこもった。

「やはりそうか」

お波津の怒りなど、浩吉は歯牙にもかけない。

「正吉はどうした」

問いかけてきたのは作次だ。

「知らないよ」

「では、呼んでもらおう」

「えっ。どうし」

「心中してもらうのさ」

「おもしれえ」

　と口にしたのは猪吉だ。

「こいつは、簀巻きにして江戸の海に沈めればいいだろう」

　浩吉が、蔦次郎に目を向けた。このとき、見張りをしていた豊助が手を振った。お波津が一人で来たのでなければ、助っ人が来るかもしれないとやつらは踏んでいたのだ。

　人が来たという合図だ。

「何人いる」

「三人だ」

　浩吉らは、懐に入れている匕首を握った。浩吉は、お波津と蔦次郎に、手拭いの猿轡を嚙ました。そして棍棒を手にした。

　善太郎は、正吉や寅之助と共に、本堂の中に足を踏み入れた。足音を立てず、慎重に堂内に目を配った。すると仏壇脇の柱に縛られているお波津の姿が、目に飛び込んできた。

さらに建物内を見回すと、男がお波津とはやや離れた、入り口に近い柱に縛り付けられているのに気がついた。顔が腫れている。唇の端が切れて、血が滲んでいた。よほど痛めつけられたに違いなかった。よくよく目を凝らして、それが蔦次郎だと気がついた。

どちらも猿轡を噛まされている。

蔦次郎がここにいるのには驚いた。助けに入ったのか、どこかで捕らえられたのだ。思いがけないことだった。

そして他に、人の姿は窺えなかった。しんとしたままだ。

「作次らはどこへ行ったのか」

気になるところだが、縛られているお波津や蔦次郎をそのままにはできなかった。

善太郎は正吉と寅之助に目を向けてから、堂内に足を踏み入れた。

数歩進んだところで、お波津がこちらに気がついたらしかった。しきりに首を振っている。

何か言いたいらしいが、猿轡で声が出ない。

さらに近寄ろうとしたとき、横から得物を手にした男たちが襲い掛かってきた。待ち構えていたのだ。匕首の切っ先が突き出されている。寸刻避けるのが遅かったら、刺されたところだった。

素手の善太郎は、匕首を手にした作次らしい男と対峙した。

「何だ、てめえらは。邪魔立てしやがって」

向こうにしたら善太郎たち三人は、得体の知れない邪魔者と映っているはずだった。憎悪の目を向けている。次の一撃が繰り出されてきた。

善太郎は初めの一撃を避けただけで、まだ身構えることもできていなかった。腕で躱そうとしたが、相手の動きが早かった。袂を斬られた。その動きを止めず、匕首の切っ先はさらに、こちらの首筋を狙ってきた。

迫ってきた手首を、善太郎は握ろうとしたが逃げられた。体を斜めにして半歩身を引いていたので、切っ先を避けることはできた。

体がわずかに離れたので、ここで善太郎は身構えた。相手は、今度はすぐには迫ってこない。猛禽の眼差しでこちらの動きを窺っていた。

隙がないので、容易くこちらからは踏み込めなかった。喧嘩慣れをしている。先日の浅草寺門前で相手にした破落戸たちとは、まるで腕が違った。

棒切れでもあればどうにでもなるが、素手では攻めにくい。動けずにいると、相手の方から切っ先を突き出してきた。床を蹴って、勢いをつけていた。こちらの胸を狙っている。

「くたばれ」

気合いが入っていた。

このとき善太郎は、横に飛んでいる。まともに受けては避け切れない。

勢いづいた相手の体と交差しかけたとき、足を掛けた。

相手の体が前のめりになった。その機を逃さず、善太郎は後ろに回り込んで尻を蹴った。

「うわっ」

男はもんどりを打って床に倒れ込んだ。握っていた匕首は、このとき宙に飛んでいた。

その体に躍りかかった。一発二発と殴りつけた。もう少しで捕らえそうなところで、浩吉が声を上げた。

「動くんじゃねえ」

堂内に響く声だった。善太郎は、あたりに目をやった。正吉や寅之助も、破落戸たちと争っていた。様子から、追いつめられてはいなかった。けれども浩吉の声で、こちらの三人は身動きができなくなった。

浩吉は柱に縛られたお波津の傍にいて、燭台の火を顔に近づけようとしていたからだ。

「可愛い顔が、火で焼かれるぞ」

「おのれっ」

手出しができなくなった。

「離れて、そこに集まれ」

本堂の隅を指さした。蔦次郎が縛られている柱に近いあたりだ。無念だが、そこに移るしかなかった。

だがこのとき、正吉が近くにあった木魚を手に取った。

「やっ」

これを浩吉の腕目がけて投げたのである。木魚は、腕に当たって燭台が手から飛んだ。それが住職用の古座布団の上に落ちた。

座布団に、火が移った。炎がぼうと上がった。あっという間のことだった。

十

正吉は、燭台を拾おうとする浩吉に駆け寄った。お波津の顔を、火で焼こうとした行為を許せなかった。

幸い浩吉の注意は善太郎に向いていた。たまたま近くにあった木魚を投げつけた。腕に当たったのは幸いだった。

浩吉は、躍りかかろうとする正吉に、拾った燭台の先を向けた。すでに火のついた蠟燭(ろうそく)はどこかになくなっていたが、先が尖(とが)っている。

すぐには打ちかかれなかった。

けれども浩吉への怒りは、全身に満ちていた。

「すべてのもとは、こいつだ」

という気持ちがあるからだ。投げ文も、こいつと作次の企(たくら)みに間違いない。

身構えた正吉は前に踏み出した。手には何もないが、こんなやつに怯(ひる)んでなるものかと腹は決まっていた。

端整な浩吉の顔が歪(ゆが)んでいる。手にある燭台の先を突き出してきた。正吉は斜め前に出ながら、腕でこれを払った。

肩と肩がぶつかって、体が交差した。ほぼ同時に振り向くと、浩吉の方がもう一度燭台の先を突き出してきた。

正吉は下がってこれを避(よ)ける。すると浩吉は、突き出した燭台を横に薙(な)いだ。肘(ひじ)で避けたが、鈍い痛みが腕にあった。しかしかまってはいられない。

浩吉は三度、燭台の先を突き出してきた。正吉には、その動きがよく見えた。迫ってきた燭台を蹴り上げた。

燭台は手から外れなかったが、浩吉の体はその分揺れた。間を置かずその太腿(ふともも)を、蹴りつけた。

びしりと音が出た。

浩吉は、手にある燭台を再度振ることも突くこともできなかった。動きが止まっている。強い痛みがあったのは間違いない。

正吉はもう一度、相手の太腿を蹴った。渾身(こんしん)の力をこめていた。前よりも高く響く音が出た。

「うえっ」

よほど効いたらしい、体が大きくぐらついて手にあった燭台を床に落とした。

正吉は腕と襟首を掴んで、床に押し倒した。力をこめて改めて足を蹴ると、骨が折れたのが分かった。

体を膝で押さえつけながら、両腕を後ろに回して手拭いで縛り上げた。

しかしこの頃には、火は燃え広がっていた。火の粉が飛んでくる。

善太郎と寅之助も、作次や猪吉、豊助を縛り上げていた。

「逃げろ。ここにいては焼け死ぬ」

善太郎が叫んだ。

正吉は縛った浩吉を建物の外へ連れ出した。作次や猪吉、豊助も善太郎や寅之助が外へ出した。縄の先は逃げられないように、樹木に結んだ。

蔦次郎の縄は、寅之助が敵から奪った匕首で裁ち切っていた。炎から、自力で出ることができた。

「お波津さんは」

姿が見えなかった。正吉は焦りの気持ちで、周囲に目をやった。

「な、中だ」

寅之助が叫んだ。怯えた声になっている。

中には天蓋や壁を燃やす赤い炎が揺れている。その先から出る黒煙が、建物の外に噴き出していた。

「こ、こりゃあ、どうしようもない」

蔦次郎は、悲鳴を上げた。

正吉は、すぐ傍に水瓶（みずがめ）があるのに気がついた。足元には丸めた藁筵（わらむしろ）が転がっている。その藁筵を拾い上げた。

枯葉の浮いた水の中に、押し込んだ。人の体も入りそうだったので、その中に体を入れた。考えてしたのではない。自然に体が動いていた。

息を止め、頭まで浸（つ）かった。もどかしい思いで三つ数えると、外へ出た。傍にいる蔦次郎が何か言っていたが、耳には入らなかった。

濡（ぬ）れた藁筵を抱えて、正吉は建物の中に足を踏み入れた。黒煙が、一気に押し寄せてきた。

「止めろ。戻れ」

叫ぶ善太郎の声が後ろから聞こえたが、振り向かなかった。

正吉は、両手両膝（りょうひざ）をついた。床の近くの低いところには、黒煙がなかった。藁筵を抱えて、這（は）って行く。

お波津は、仏像を置く台座近くの柱に縛られていた。そのままなのか、誰かが縄だけは切ったのか、それは分からない。

ただ這ったまま、そちらへ向かった。

足を挫いていたお波津は、逃げそこなった。何を置いても初めにお波津の縄を解き、外へ連れ出すべきだった。浩吉への怒りに駆られて、争ってしまった。配慮をしなかった自分を、正吉は激しく責めた。

「死なせるわけにはいかない」

火の粉が顔に当たる。それでも前に這った。

「お波津さん」

声の限り叫んだ。二度、三度と繰り返した。

少ないとはいえ、床にも煙はある。吸い込まぬように、鼻と口を、濡れた着物の袖で覆った。

近くで、何かが倒れた。その音と一緒に、叫ぶ声が耳に入った。

「正吉さん。ここだよ、仏壇の下」

柱に縛り付けられてはいないと分かった。声のした方へ向かった。するとすぐ面前で、燃えた天蓋がどさりと落ちてきた。その火の粉が、顔にかかって呻き声が出た。

「くそっ」

自分を叱咤して前に進んだ。すると炎の向こうに、お波津らしい姿が見えた。仏像を置く壇と供え物を置く壇の間に潜んでいる。立ち込める煙の少ないあたりだ。縛られてはいない様子だった。ただ歩けないので、這ってそこまで移動したのだと察せられた。

正吉は仏壇の際に寄って進み、お波津の傍に辿り着いた。そして抱えてきた濡れた藁筵を、お波津の頭から肩の部分に被せた。

「行くぞ」

とはいえもう、入ってきた方向には戻れない。炎に覆われている。木が燃える音が、耳を駆け巡っていた。

「こっち。こっちにも出入り口がある」

お波津が叫びながら指差した。それから両手で肩にしがみついてきた。

「よし」

ゆっくり前に出た。体にかかるお波津の重さは感じなかった。じりじり進む。けれども目の前に現れたのは、炎の壁だった。

「おお」

絶望の声が出た。もう後ろへはいけない。

蔦次郎の縄を解いたのは善太郎だった。殴られ蹴られした痛みは消えていなかったが、どうにか自力で本堂から回廊へ出ることができた。しかしそこにお波津の姿がないことに慄然とした。

正吉が水瓶に身を浸けたとき、蔦次郎は一瞬何をしだすのかと驚いた。しかし濡れた藁筵を手にしていたので、気がついた。

「止めろ。危ない」

声をかけたが、正吉は聞いていなかった。水瓶から出ると、燃える本堂の中に飛び込んでいったのである。

「抜かった」

という気持ちになった。微かな怯みが、動きを鈍らせた。だが正吉には、それがなかったと思った。

「うわあっ」

追い立てられるような気持ちになって、後を追おうとした。だがこのとき、強い力で腕を摑まれた。誰かと見ると、善太郎だった。

「おまえは、焼け死にに行くのか」

「いや、このままではお波津さんが」

「馬鹿野郎。今ここで入って何になる。すぐに火が、着物に燃え移るぞ」

と言われて我に返った。そうか、だから正吉は水瓶に体を浸けたのか。

「柱に縛られていたお波津さんの縄は、私が外しました。そのまま連れ出そうとしたとき、豊助に襲われて」

寅之助が言った。いつの間にか、お波津の近くから離れてしまった。

「うわあっ」

蔦次郎は絶叫した。

「馬鹿野郎。取り乱すな。今からでも助けることを考えろ」

善太郎に怒鳴られた。そしてはっと思いついた。

「本堂には、裏からの出入り口があります」

猪吉らが出入りをしていた。

「よし。そちらへ行くぞ」

善太郎が言い終わらない内に、三人は裏手へ回った。

裏の出入り口はあったが、戸が閉まっていた。まだ燃えてはいない。隙間から、煙が漏れ出てきている。

「くそっ」

蔦次郎は叫んだ。そして全身で閉じられた戸に体をぶつけた。一度では外れない。すぐに寅之助も体をぶつけた。すると戸が、内側に倒れた。

炎と黒煙が、外に噴き出してきた。けれども出てきたのは、それだけではなかった。

お波津を背負った正吉が、炎の中から姿を現したのだった。

「おお、生きていたか」

お波津を背負った正吉が、炎の中から出てきた姿を見て、善太郎は声を上げた。口では蔦次郎を叱咤したが、二人はもう、炎に呑まれて助からないと覚悟を決めていた。火の勢いは衰えない。強くなるばかりだった。

無事を喜ぶのはまだ早い。

「敷地から離れるぞ」

捕らえた四人を引き摺って敷地の外に出た。乱暴な扱いになったが、このときには炎は外へも噴き出てきていた。骨を折られている浩吉は悲鳴を上げたが、かまってはいられなかった。

燃え上がる炎は、屋根の一部にまで至ろうとしていた。

土塀の外の道に出た。お波津と正吉は、一部髪を焼かれ、火傷もあった。だが大きな傷害にはなっていなかった。

助かったと分かって、お波津は正吉に縋って泣いた。赤子のような泣き方だった。気丈なお波津も炎に巻かれ、よほど怖かったと思われた。

「もう大丈夫ですよ」

正吉がなだめた。お波津はその胸にしがみついた。肩を震わせている。そんな他愛なく泣く姿を目にするのは、善太郎には久しぶりだった。

その姿を見つめた。

子どもの頃、なだめてやる相手は両親か兄である自分だった。それが今は、正吉になっている……。

蔦次郎が、それを呆然とした顔で見つめていた。

近隣の寺から、火事に気付いた僧侶たちが駆けつけてきた。

「火を消せ」

消火活動が始められた。どこからか、竜吐水が運ばれてきた。とはいえ空き寺の火は、もう消せない。延焼を防ぐための作業が行われた。桶の水を手渡しで運び、周囲に水をかける。荒れ寺だけを燃え尽きさせるのだ。

これには善太郎や蔦次郎、寅之助も加わった。

寺を囲んでいたのが土塀だったのは、幸いだった。火は周辺の寺に移ることなく鎮火した。

そして嶋津も駆け付けて来た。捕らえた四人を、大番屋へ移した。

十一

嶋津が尋問を行った。善太郎は部屋の隅で、そのやり取りを聞いた。お波津と蔦次郎が本堂で耳にした話については、すでに嶋津に伝えられていた。

まず豊助から当たった。

「なぜ、お波津と蔦次郎を縛った」

嶋津はそこから始めた。

「知らねえ。あっしはただそこにいただけですぜ」

「おまえも荒れ寺の本堂では、あれこれ言ったそうじゃねえか。お波津と蔦次郎は、すべて聞いていたぜ」

　善太郎らがやって来て、匕首を抜いたことは間違いない。

「作次や猪吉に誘われたんだ。もちろん浩吉もいた」

「浩吉が話を持ちかけて来たのではないか」

　手伝ったのか、という問いかけにした。これだと従犯となり、主導した浩吉たちとは、罪の重さが変わる。

「そ、そうだ」

　相州屋へ婿に入ることが目的だと伝えられたと告げた。

「婿になってしまいさえすれば、金の融通もつく。惣右衛門は重い病だから、長くはない。死んだら相州屋の身代は、浩吉のものになると言われたんだ」

「ならば、ももんじ屋からの帰り道、お澄を攫ったのもおまえたちだな」

「それは知らねえ」

　豊助は慌てて首を振った。

「お澄は賊たちの声を覚えている。呼んできて声を聞かせれば、すぐにばれることだぞ」

　それで犯行が明らかになると、罪がさらに重くなると脅して、お澄誘拐について白状させた。

「あれはお澄に、浩吉のいいところを見せるためだったんだ。前にしくじったからよ」

「前にしくじっただと」

予想もしない言葉だった。嶋津はその言葉を聞き逃さなかった。

「何をしくじったんだ」

慌てたのは豊助の方だ。

「知らねえ」

と叫んだが、それで済むわけもなかった。

「とぼけるな」

嶋津は竹刀で打ち据えた。力の限りやって、甘いところは見せない。

「ひいいっ」

痛めつけられた豊助は白状した。

「樽だ」

運ばれていた古樽が崩れて、正吉と寅之助がお澄を救った。相州屋と知り合うきっかけになった出来事だ。

「あれは、おまえたちの仕業だったのか」

「稽古帰りの刻限を狙ったんだ」

豊助は続けた。

「いつも、稽古の終わる刻限は決まっていた。だから稽古の日を調べて、待ち伏せをしたんだ」

樽が落ちたのは、偶然ではなかった。

「浩吉が助けるはずだったが、その前に正吉のやつが庇ってしまいやがった」

手ぐすねを引いて待っていたが、浩吉の出る幕はなかった。

「それでお澄に近づくつもりでいたが、あてが外れたわけだな」

「そんなことで」

正吉について調べさせた惣右衛門は、商人としての将来を認めた。浩吉は、正吉の弱みを探すために井筒屋を調べた。そして作次に辿り着いた。

「うまくいったら、たっぷりの礼をするという話だった」

もちろん三人は、前金を受け取っていた。

次に猪吉を問い質す。別の部屋に置いていたが、豊助は白状しただろうと織り込んで、覚悟はついていたらしかった。

「京橋の葉茶屋を出された後、あっしは地回りの子分になって、浅草寺界隈でぶらぶらしていた。そこで浩吉と出会ったんだ」

二年くらい前で、それから三月に一度くらい会っていた。

「今度は、役に立ってくれ」

と頼まれたのだとか。金になることならば、厭わない。

「でも、企てたのは浩吉だぜ」

自分はあくまでも手伝っただけだと主張した。浩吉は正吉について探る中で、作次を捜し出した。もちろん猪吉と豊助は力を貸した。

作次も問い質しで、浩吉に誘われたと告げた。

「そこでおまえは、井筒屋を辞めさせられるもとになった、四俵の米の話をしたわけだな」

「ああ。聞いた浩吉は、それで正吉を嵌めようと言ったんだ」

「ならば知恵を出したのではないか。貶めようとしたわけだな」

「まあおれは、井筒屋から追い出されたわけだから。井筒屋もまともにやっている正吉も憎かった」

作次の妬みだ。

「しかし四俵を奪ったのは、その方ではないのか」

「いや、あいつがやったんだ」

「ならばその証を、告げてみろ」

嶋津は容赦なく痛めつけた。

「そ、そうだ。やったのは、お、おれだ」

ついに白状をさせた。やはり、賭場での借金を返すためだったらしい。

そして最後に嶋津は、浩吉と向かい合った。

「私が、勝手にしたことですよ」

浩吉は、まずそう言った。他の三人の証言がある。もうどうにもならないと察したらしかった。

「おまえの企みを、父親や兄は知っていたのではないか」

「とんでもない。伝えはしませんよ。話せば止められたはずですから」

自分がしたこととして、実家の丹波屋を守ろうとしていた。

話をしていないわけはないと察せられるが、主人三郎兵衛や兄藤太郎は、これまでの出来事に関わりは持っていなかった。調べきれないにしても、今の段階では関与を証明できなかった。

「相州屋の身代が手に入る、絶好の機会だったんですがね」

浩吉は、自嘲の顔で漏らした。

「浩吉と作次は遠島、猪吉と豊助は百叩きの上で江戸払いといったところになるのではないか」

取り調べが済んだところで、嶋津が言った。空き寺が燃えたのは、放火ではなかった。丹波屋は四十日の戸締となるらしい。

「ここへきての戸締は、丹波屋にとっては厳しいぞ。戸締が済んだ後では、どうあがいても借金を返せないのではないか」

嶋津が言った。

十二

翌日正午過ぎになって、寅之助は江戸橋付近の顧客のもとへ足を向けた。用を済ませた後、橋を渡って南河岸の本材木町へ足を延ばした。

丹波屋がどうなっているか、様子を見てみたいと思ったからだ。店の戸は閉められ、青竹が斜め十字に打ち付けられていた。

「まあ、仕方がないだろう」

そう思って引き上げようとしたところで、娘が寄ってきた。

「寅之助さん」

熊井屋のお志乃だった。

「浩吉さんは、やっぱりひどい人だったのですね」

閉じられた店舗に目をやりながら言った。店の様子を見に来たらしい。お志乃は前に、浩吉は嫌いだと口にしていた。お志乃も昨日の件を耳にして、店の様子を見に来たらしい。

「そういうことですね。店の借金を、何とかしたかったのかもしれませんが」

「お澄さんは昨日の夕方その話を耳にして魂消て、それから熱を出して寝込んでしまいましたよ」

お志乃は見舞いに行って来たところだと付け足した。

「気持ちが浩吉に、だいぶ傾いていたのでしょうね」

「ええ。でも惣右衛門さんは、騙されずに済んでよかったと話していました」

「そうですね」

寅之助が頷くと、お志乃も頷き返した。

「しばらくは辛いでしょうけど、ときがたてば気分も変わりますよ」

大人びたことを口にした。お澄の身を案じている。

「寅之助さんは、お仕事忙しそうですね」

「いや、まあ」

にっこりされて、返答に困った。

「お志乃さんは、変わりないですか」

ともあれ、そう返した。

「ええ。私は、あんなやつらとは関わりがないですから」

「何よりですね」

ここでお志乃は、はっとした顔になった。

「今はお仕事ですね」

「まあ」

そう答えざるを得なかった。

「足止めしてしまってごめんなさい。じゃあ、また」

「はい。また」

それで別れたが、寅之助はしばらくお志乃の後ろ姿を見ていた。「また」と言い合った言葉が、胸に残って弾みになっていた。

その翌日、戸川屋清右衛門が大黒屋へ角次郎を訪ねて来た。蔦次郎の姿はなかった。一昨日の件について、ねぎらいの言葉をかけてきてから、本題に入った。

「お波津さんとの縁談についてです」

そろそろ返答をする期日が迫っていた。対応した角次郎とお万季の気持ちは、このときには決まっていた。

ただその前に、清右衛門の話を聞かなくてはならない。

「蔦次郎は、大黒屋さんへの婿入りを望んでいましたが、ご辞退をさせていただくことにいたしました」

「ほう」

角次郎は、少しばかり驚いた。そういう気配を感じていなかった。清右衛門は続けた。

「空き寺が燃えたとき、火の中に足を痛めたお波津さんが取り残されました」

その話は、角次郎もお万季も聞いている。炎の中に、真っ先に飛び込んだのが正吉だった。助けられたからよかったものの、無茶をしたとは思っていた。

「蔦次郎も助けようと思ったらしいのですが、火勢に、ほんの少し躊躇いもあったようです」

「それは当然でしょう。したたかやつらに、痛めつけられた後でした」

責められるいわれはない。

「私もそう思いますが、正吉さんには、それがなかったようです」

「……」

「気づいたときには、水瓶(みずがめ)に入って体を濡(ぬ)らし、飛び込んでいったとか」

蔦次郎が、清右衛門に話したことだ。

「助かったとき、お波津さんは泣き、正吉さんがなだめたと聞きました」

これは善太郎から聞いた。清右衛門は続けた。

「蔦次郎はその様子を見て、自分が出る幕ではないと感じたようです」

「なるほど」

「縁談はなかったことにしてくれと告げられました」

甘いところもあるが、蔦次郎らしい潔さだと感じた。

「分かりました。そういたしましょう」

お波津への思いが消えたわけではないが、身を引いたということだ。すでにお波津の気持ちが、正吉に移っていることを悟ったのかもしれなかった。

蔦次郎も大黒屋の婿にしてもいい若者だったが、仕方がない。清右衛門の話を聞く前から、角次郎とお万季は、正吉を大黒屋の婿として迎えようと腹を決めていた。お波津の気持ちが、はっきりしたと考えたからだ。

丁寧に頭を下げると、清右衛門は引き上げて行った。

角次郎とお万季は、奥の部屋に正吉とお波津を呼んだ。二人は並んで、夫婦と向かい合わせに座った。

背筋を伸ばして、角次郎は告げた。

「おまえたち、夫婦（めおと）になるがいい。そして大黒屋を盛り立ててもらおうじゃないか」

正吉は、どきりとした表情になった。お波津は、当然といった顔で頷いた。火傷（やけど）の痕（あと）が額に残っているが、これも数日後には消えるはずだった。

若い二人は、顔を見合わせた。

「よろしくお願いいたします」

正吉が掠（かす）れた声で返事をして頭を下げると、お波津もこれに合わせて頭を下げた。

「うむ。これでいい」

応じた角次郎の胸に、安堵が湧いた。お万季も同様だろうと考えた。

これで一組の商人の夫婦ができることになる。大黒屋には、めでたいことだった。

本書は書き下ろしです。

新・入り婿侍商い帖

お波津の婿（三）

千野隆司

令和5年 2月25日　初版発行

発行者●山下直久

発行●株式会社KADOKAWA
〒102-8177　東京都千代田区富士見2-13-3
電話　0570-002-301（ナビダイヤル）

角川文庫 23557

印刷所●株式会社暁印刷
製本所●本間製本株式会社

表紙画●和田三造

ISBN 978-4-04-112450-5　C0193

◇◇◇

角川文庫発刊に際して

角　川　源　義

第二次世界大戦の敗北は、軍事力の敗北であった以上に、私たちの若い文化力の敗退であった。私たちの文化が戦争に対して如何に無力であり、単なるあだ花に過ぎなかったかを、私たちは身を以て体験し痛感した。西洋近代文化の摂取にとって、明治以後八十年の歳月は決して短かすぎたとは言えない。にもかかわらず、近代文化の伝統を確立し、自由な批判と柔軟な良識に富む文化層として自らを形成することに私たちは失敗して来た。そしてこれは、各層への文化の普及滲透を任務とする出版人の責任でもあった。

一九四五年以来、私たちは再び振出しに戻り、第一歩から踏み出すことを余儀なくされた。これは大きな不幸ではあるが、反面、これまでの混沌・未熟・歪曲の中にあった我が国の文化に秩序と確たる基礎を齎らすためには絶好の機会でもある。角川書店は、このような祖国の文化的危機にあたり、微力をも顧みず再建の礎石たるべき抱負と決意とをもって出発したが、ここに創立以来の念願を果すべく角川文庫を発刊する。これまで刊行されたあらゆる全集叢書文庫類の長所と短所とを検討し、古今東西の不朽の典籍を、良心的編集のもとに、廉価に、そして書架にふさわしい美本として、多くのひとびとに提供しようとする。しかし私たちは徒らに百科全書的な知識のジレッタントを作ることを目的とせず、あくまで祖国の文化に秩序と再建への道を示し、この文庫を角川書店の栄ある事業として、今後永久に継続発展せしめ、学芸と教養との殿堂として大成せんことを期したい。多くの読書子の愛情ある忠言と支持とによって、この希望と抱負とを完遂せしめられんことを願う。

一九四九年五月三日

角川文庫ベストセラー

角川文庫ベストセラー

入り婿侍商い帖　大目付御用（二）　千野隆司

米問屋・和泉屋の主と、勘当された息子が殺し合う事件が起きた。裏に岡部藩の年貢米を狙う政商・千種屋の意図を感じた大目付・中川に、吟味を命じられた角次郎だが、妻のお万季が何者かの襲撃を受け……!?

入り婿侍商い帖　大目付御用（三）　千野隆司

札差屋を手に入れ、ますます商売に精を出す角次郎らに、旧敵が江戸に戻ったという報せが入る。その矢先、舅の善兵衛が暴漢に襲われてしまう。仇討ちを誓う角次郎らは、陰謀を打ち砕くことができるのか？

入り婿侍商い帖　凶作年の騒乱（一）　千野隆司

米商いの幅を広げる角次郎。だが凶作の年、信頼関係を築いてきた村名主から卸先の変更を告げられる。さらに村名主は行方不明となり……世間の不穏な空気と、大黒屋に迫る影。角次郎は店と家族を守れるか？

入り婿侍商い帖　凶作年の騒乱（二）　千野隆司

『悪徳米問屋大黒屋の売り惜しみを許すまじ』――。凶作で米の値が上がり続ける中、何者かがばらまいた読売。煽られた人々の不満は大黒屋に向かい、打壊しまでもが囁かれ始め……人気シリーズ新章第二弾！

入り婿侍商い帖　凶作年の騒乱（三）　千野隆司

打壊しの危機を乗り越えた大黒屋。角次郎は長く大黒屋を支える番頭の直吉に暖簾分けを考えるも、その矢先、直吉が殺人疑惑で捕まった。直吉を救うため奔走する一同だが、何者かが仕掛けた罠は巧妙で……？

角川文庫ベストセラー

新・入り婿侍商い帖
お波津の婿（一）

千野隆司

新米の時季を迎えた9月下旬、江戸川で燃え盛る大船が目撃される。祟りや怨霊説も囁かれる中、真相の解明に善太郎も巻き込まれることに。一方、大黒屋では跡取り娘・お波津の婿探しが本格的に始まるが……。

新・入り婿侍商い帖
お波津の婿（二）

千野隆司

出産間近の幼馴染に会うために米屋を訪れていたお波津は、盗賊による立てこもり事件に巻き込まれる。人質となったお波津らを救うため、婿候補たちは総力を挙げて動き出す。赤子の命と人質たちの運命は――。

隠密同心

小杉健治

隠密廻り同心のさらに裏で、武家や寺社を極秘に探索する隠密同心。父も同役を務めていた市松は奉行から密命を受け、さる大名家の御家騒動を未然に防ごうと捜査を始める。著者が全身全霊で贈る新シリーズ！

向島・箱屋の新吉

小杉健治

28歳の新吉は、向島で箱屋をしている、女たちの目を引く男だった。ある日、「桜屋」の主人の絞首体が見つかった。同心は自死と決めつけていたが、新吉は現場に手拭いが落ちていたことから他殺を疑い……。

散り椿

葉室　麟

かつて一刀流道場四天王の一人と謳われた瓜生新兵衛が帰藩。おりしも扇野藩では藩主代替りを巡り側用人と家老の対立が先鋭化。新兵衛の帰郷は藩内の秘密を白日のもとに曝そうとしていた。感涙長編時代小説！

角川文庫ベストセラー

蒼天見ゆ　葉室　麟

秋月藩士の父、そして母までも斬殺された臼井六郎は、固く仇討ちを誓う。だが武士の世では美風とされた仇討ちが明治に入ると禁じられてしまう。おのれは何をなすべきなのか。六郎が下した決断とは？

はだれ雪(上)(下)　葉室　麟

浅野内匠頭の〝遺言〟を聞いたとして将軍綱吉の怒りにふれ、扇野藩に流罪となった旗本・永井勘解由。若くして扇野藩士・中川家の後家となった紗英はその接待役を命じられた。勘解由に惹かれていく紗英は……。

孤篷のひと　葉室　麟

千利休、古田織部、徳川家康、伊達政宗――。当代一の傑物たちと渡り合い、天下泰平の茶を目指した茶人・小堀遠州の静かなる情熱、そして到達した〝ひとの生きる道〟とは。あたたかな感動を呼ぶ歴史小説！

天翔ける　葉室　麟

幕末、福井藩は激動の時代のなか藩の舵取りを定めきれず大きく揺れていた。決断を迫られた前藩主・松平春嶽の前に現れたのは坂本龍馬を名のる1人の若者。明治維新の影の英雄、雄飛の物語がいまはじまる。

青嵐の坂　葉室　麟

扇野藩は財政破綻の危機に瀕していた。中老の檜弥八郎が藩政改革に当たるが、改革は失敗。挙げ句、弥八郎は賄賂の疑いで切腹してしまう。残された娘の那美は、偏屈で知られる親戚・矢吹主馬に預けられ……。